ウィリアム=
シェイクスピア

シェイクスピア

●人と思想

福田　陸太郎
菊川　　倫子　著

81

CenturyBooks　清水書院

はじめに

ウィリアム＝シェイクスピアは、今から四百年以上も前にイギリスにいた作家である。それなのに、彼の存在がいつも私たちの身近に感じられるのは、驚くべきことである。英文学を勉強している人にとって特にそうであることは当然だが、ふつうの人々にも、また私たち外国人にとっても、きわめて親しい存在であり続けた。それはなぜだろうか。

シェイクスピアの生涯については、ほとんど知られていないが、彼の戯曲は多くの外国語に翻訳され、世界各地で上演されている。その作品にはたくさんの名文句が含まれていて、いわば人類の共通財産のようになっている。引用句辞典などを見ると、バイブルと並んで、シェイクスピアからのものが断然多いことがわかるだろう。

シェイクスピアは一五六四年に生まれ、一六一六年に亡くなった。生没年を語呂合わせでヒトゴロシ・イロイロと覚える人もいる。誕生日は四月二三日だというが、亡くなったのも同じ日だとする説があるから、満五二年の生涯であった。彼はエリザベス朝の大作家であり、人間の内面深くにまで光を当てることによって、イギリス－ルネサンス演劇を育て上げ、文芸面においても、イングランドを先進国とした。

シェイクスピアの魅力は、しかしながら、文学史上の功績では言い表せないところにある。彼の故郷ストラットフォードには、世界中からの訪問客が絶えない。町には王立劇場が三つあり、彼の作品が常時、数篇は上演されている。入場券がなかなか手に入らない場合も多い。それでも観客は、彼の作品に接するための苦労を惜しまない。その魅力はどこから来るのだろうか。

一六〇一年ごろ、シェイクスピアは悲劇『ハムレット』を作っている。その中に次のような句が書き込まれた。

この天と地の間にはな、ホレーシオ君、
哲学などの考えも及ばぬことがある。

これは主人公が親友に話しかける言葉である。ハムレットはウィッテンベルク大学の学生で、当時としては最高級のインテリとして登場してくる。この言葉は、彼が今は亡き父王の亡霊に出会い、暗殺者への復讐を命じられた直後に語られるのである。

この言葉にこめられた驚きと畏《おそ》れはどうであろうか。このういういしい認識の正しさは、どれほどの説得力をもっていることか。シェイクスピアがどのような人物だったのか、実際のところ、確固とした全体像はわかっていない。確かなものは、シェイクスピア作とされている作品群だけである。そのどの作品にも共通して表されているのは、ありのままに捕らえられた人間世界のさまざまな姿なのである。ハムレットの言葉には、シェイクスピアが描こうとしていたものが何だったのかが、示されているように思う。

シェイクスピアの作品は、だれもが自由に理解し、各人各様の世界をそこに見いだすものとして、愛されている。ところがこの作者の人となりを一望のもとにまとめることは容易ではない。生活の様子を伝える記録がきわめて少ない。日記や手紙などは一つもない。そういう状態で、ここにシェイクスピアの〈人と思想〉を述べる作業をすることは困難なことであった。

しかし幸いに、数多くの作品が残されている。この本は、若い世代の人々を対象とする入門書として書かれたものであるが、もしこの小著を通して、シェイクスピアに興味をもってくださる方々があれば、ぜひ実際の作品に接して、汲みつくせない深く広い世界を味わっていただきたいと思う。そうなれば、著者たちにとって、これ以上の喜びはない。

著　者

目次

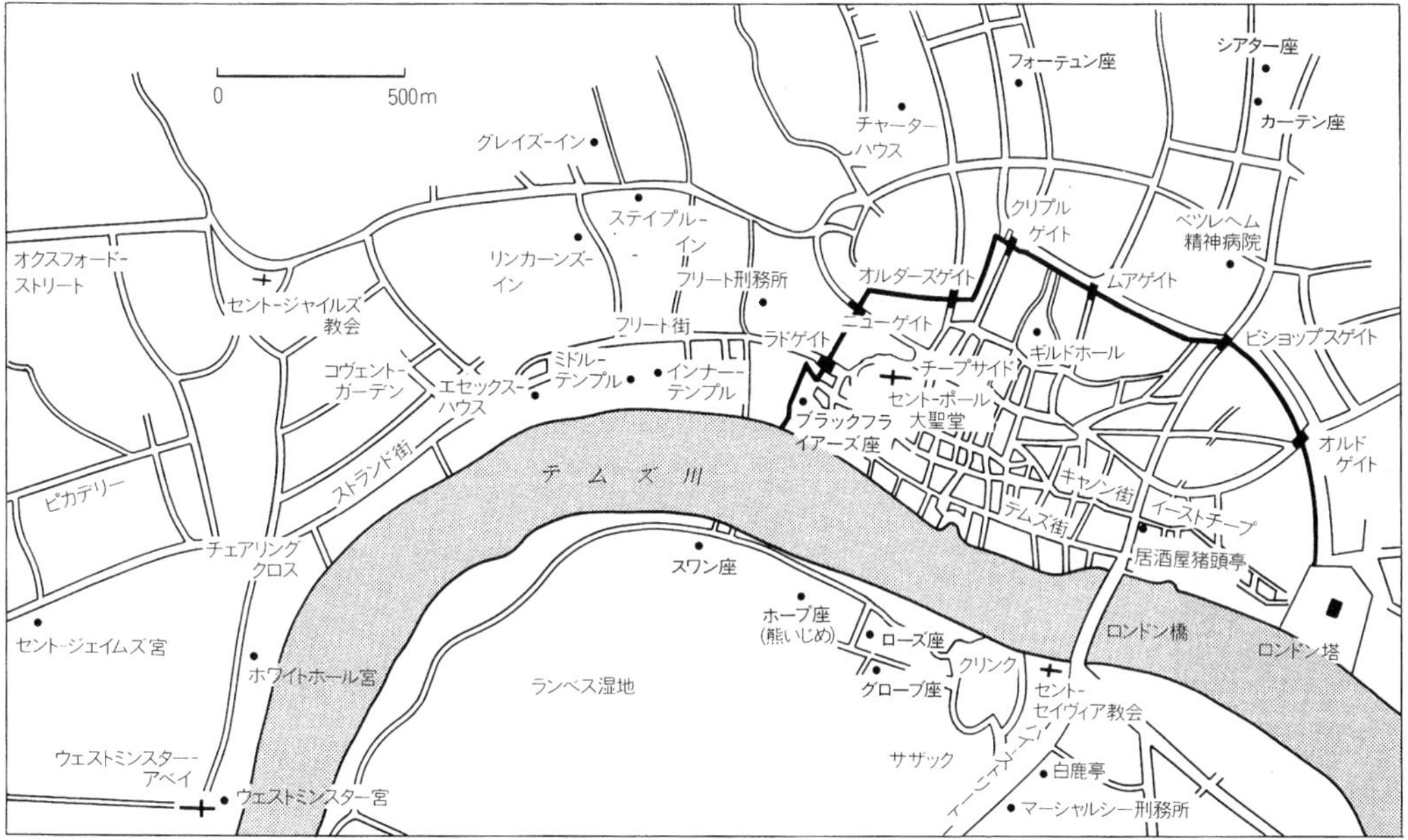

シェイクスピア時代のロンドン

I　新世界へ向けて

生まれと育ちと時代

伝説の人、生まれる

ウィリアム＝シェイクスピア（William Shakespeare）は、一五六四年、イギリス中央部ウォリックシャーのストラットフォード＝アポン＝エイヴォンに生まれた。誕生日は四月二三日だったらしい。父はジョン＝シェイクスピア。母はメアリー。シェイクスピアはこの両親の第三子で長男として誕生した。

シェイクスピアが一私人としてどのような生活を過ごしたのかについては、実はあまり明確にはわかっていない。謎と伝説の多い生涯である。その原因の一つには、シェイクスピアの生活がどのようなものだったかを直接的に物語る記録が、ほとんど残されていないということが挙げられる。人の出生や死亡についても、かろうじて教会の記録が残される程度の時代だった。しかも断片的な記録である。一人の人間の生涯像を一望するには、あまりに小さな手掛かりと言わなければならない。その上、シェイクスピアは自伝も残さなかったし、日記もつけた形跡がない。少なくとも生活を偲《しの》ばせる文章は今日に至るまで発見されてはいない。だいいち、時間も国境も越える作品を残しながら、シェイクスピアの自筆原稿は一篇も残ってはいない。現在シェイクスピアの真筆とわかっているのは、六個の署名と、遺言書に記された一語「私によって」(by me) だけという状況なのである。

　このことがかえって多くの研究者を、シェイクスピア研究に駆り立てた。筆跡鑑定家は古文書の中にシェイクスピアの自筆を探し、学者は古い作品の作者がシェイクスピアなのではないかと、地道な研究を続けている。長年にわたる多くの人々の努力の結果、今日のシェイクスピアに対する深く広い理解が生まれたのである。

　これは今日でも変わっていない。大英博物館の図書室に保管されている「『サー=トマス=モア』の台本」に、シェイクスピアの筆が加わっていると発表されたことがあった。一九八〇年のことである。この発表に先立って、何人もの研究者による、あらゆる角度からの研究が施された。筆跡が調べられ、シェイクスピアの言葉のくせが探られ、好んで用いる詩的イメージが分析された。最後にはコンピュータまで動員しての作業だった。そして、「『サー=トマス=モア』の台本」の一部をシェイクスピアの真筆としても良いだろうという結果が、本国イギリスでも新聞紙上を賑わせた。まさに現代科学文明の最新技

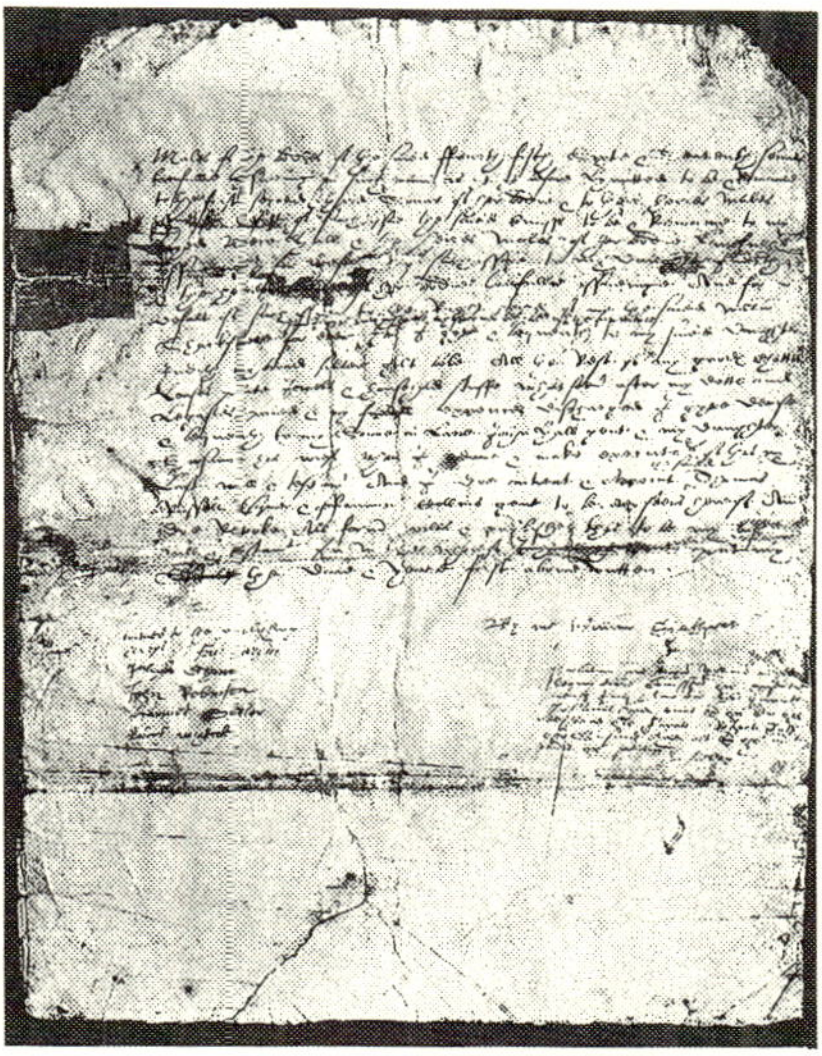
シェイクスピアの遺言書
（第3ページ）

術と知性を総動員して、シェイクスピアへの探索が行われたのである。

シェイクスピアが多数の作品を制作し、どれも傑作揃いだということも、後世の読者を驚かせる原因となった。シェイクスピアは作家の家系の人ではない。当時の最高学府だったオクスフォードやケンブリッジの大学で学んだいわゆるインテリでもない。それがなぜ四〇〇年も昔に、あれほど深い洞察力を持って人間を観察し、その場にふさわしい美しい言葉で詩にすることが出来たのか。誰もがこう考えがちである。そのような疑問を抱いた人の中には、シェイクスピア作とされる作品は、当時の哲人政治家であったフランシス＝ベーコンが書いたものだと考える研究者もいた。さらに、シェイクスピアは単なる無教育な農民だったが、突然、奇跡的に創作能力を発揮するようになったと考えられもした。どちらの説も今では支持されていない。これらは優れた芸術家につきものの伝説である。モーツァルトなどもそうであっただろう。

伝説に隠れながらも、シェイクスピアが一人の人間としてエリザベス朝という文化興隆期を生き抜いたことに変わりはない。最高学府には学ばなかったが、シェイクスピアは文法学校《グラマースクール》で教育を受けただろうというのが今日の定説になっている。シェイクスピアが少年の頃には、ストラットフォードの学校ではかなり高度なラテン語教育が行われていたし、ラテン語を身につけることは、イギリス一国にとどまらず広くヨーロッパの文化世界に参加することを意味していた。シェイクスピアは自由な文化的・芸術的飛躍の可能な環境に生まれ、自らもイギリス‐ルネサンス文芸の花を開かせたのである。

シェイクスピアの家系

シェイクスピアの父ジョン＝シェイクスピアは、ストラットフォードの近郊五キロほどにある小村スニタフィールドで、農家の長男として生まれたらしい。シェイクスピア家は多分、小作農だったのだろう。慣習に従えば、長男は家を継いで農業に従事するのが普通だったが、彼はそうはしなかった。彼は明敏に時勢を読むと、農業を捨ててさっさと七年間の徒弟奉公に入ってしまったらしい。

その頃イギリスは、一五三四年のヘンリー八世による英国国教会の設立を契機に、近代国家に向けて独自の道を歩き始めていた。社会全体が中世の束縛から解放され、自由の空気がみなぎってきていた。だがこの新しい社会の変化は、土地を持たない小作農にとっては必ずしも有難いものではなかったのである。社会の変動に伴って起こった経済上の混乱が、激しい物価高騰を引き起こした。契約の切れた小作農は、続けて再契約して耕地を得られるとは限らなかったし、借りられたとしても、以前より格段に高い小作料を支払わなければならないことも多かった。世をあげて囲い込みが始まりつつあったのである。

シェイクスピアの父はこの社会情勢を考えたのであろう。小作農を捨て、徒労の道を選んだ。徒弟奉公を済ますことは社会的に自立することを意味している。ストラットフォードに徒弟として出

ヘンリー街にあるシェイクスピアの生家

て来た時は、まだ十代なかばぐらいだったらしいが、シェイクスピアが生まれた時は、若くして町の大通りに面した店を構えるほどになっていた。彼が営んだのは手袋製造業の店だった。これは革から手袋を作る仕事で、このような製品の中には貴族の男女が身につける装飾的で優雅なものがあることもある。海外の競争相手からも法的に守られている、比較的、恵まれた職種であった。シェイクスピアも、二〇歳を少し出たばかりで妻子を故郷に置いて新進産業であったロンドン演劇界に身を投じている。彼の先見性とチャレンジ精神に裏打ちされたこの行動は、父親ゆずりだったのかもしれない。

シェイクスピアの父は商売に成功すると、町の政治に参加するようになった。初めは地酒の酒質検査役から始め、町会議員、町の財政の収入役、参事会員とどれも住民の信頼を要する要職を、彼は次から次へと引き受け、最後にとうとう町長にまでなった。シェイクスピアが四歳の時のことだった。この頃がストラットフォードのジョン＝シェイクスピア一家の全盛期だった。

シェイクスピアは『ハムレット』の中で、大臣のポローニアスが、息子のレアティーズに世渡りの知恵を諭す場面を描いている。「自分の意見を無闇《むやみ》にしゃべらず、良い友は決して逃さず、金は絶対人に貸すな」という類の説教を、ポローニアスは、旅に出る息子に向かって長々と述べる。これがまた、実に世間に通じた人の忠告そのものになっている。シェイクスピアが父親を作中人物のモデルにしたのだとは言えない。しかし、地方の一商人としては非常に高い地位まで出世街道を登りつめた父とその息子の間に、これに似た場面もあっただろうと十分考えられる。

母メアリーの実家アーデン家

後年、演劇界で成功したシェイクスピアは、故郷に邸宅や地所を買い入れている。不動産投資によって財産を守ったのである。シェイクスピアの作品はどれも美しい詩である。だが、詩人という言葉が与える印象とはいささか離れた、現世の知恵にたけた生き方を、どうやらシェイクスピアはしていたらしい。そしてそこには、処世術に長じた父の姿と通ずるものがあるように思われる。

シェイクスピアの母は娘時代の名をメアリー＝アーデンといった。アーデンの一族は歴史を遡《さかのぼ》ると非常に古い立派な家柄で、かつてはウォリックシャー一帯に大きな勢力を誇った豪族であった。シェイクスピアの母の実家は遠くにこのアーデン一族の血を引く一家だったらしく、シェイクスピアが貴族の女性を鮮かに描くことが出来たのは、母方の血縁が高貴だったからだと考える人もある。

母の実家はストラットフォード近郊に住む裕福な地主であった。シェイクスピアも子供時代に母の実家に遊びに行ったという。現在でもウィルムコウトの村には彼女の実家だと伝えられる屋敷が残っている。白いしっくいに黒い柱の浮き出た美しい家で、いかにも豊かな農家のゆったりとした暮らしぶりを思わせる住まいである。

彼女の父はスニタフィールドにも土地や家屋を持っていた。ジョン＝シェイクスピアの父、すなわちシェイクスピアの父方の祖父が暮らしていた家は、メアリーの父から借りた地所だったという。両家は土地を仲介に親密な間柄にあったわけである。シェイクスピアの母は父親から可愛がられた娘だったらしい。彼女は一二人兄弟の末娘だったが、多くの遺産を受け継いで、シェイクスピアの父の許に嫁いできた。シェイクスピアの両親は、こうしてストラットフォードでの生活を始めたのである。

彼女はヘンリー―ストリートの夫の店に続く家で八人の子供を生んだ。初めの娘二人は夭折《ようせつ》した。三番目に生まれたのがシェイクスピアだった。続いてギルバート、ジョウン、アン、リチャード、エドマンドが生まれた。このうちアンは七歳で亡くなり、エドマンドはシェイクスピアと同様に演劇界に入ったらしいが二八歳の若さでこの世を去った。ギルバートとリチャードについてはよくわかっていない。シェイクスピアについて残された少ない記録によく登場するのは妹のジョウンである。シェイクスピアと彼女は仲の良い兄妹だったらしい。シェイクスピアは晩年をストラットフォードで静かに過ごしたが、ジョウンも結婚後も故郷に残っていた。彼女が暮らしていたのはヘンリーストリートの父の家だった。この家は父の死後、シェイクスピアが相続していたが、彼は遺言作成にあたり、ここを妹のために残してやることを忘れなかった。

不明な誕生日

シェイクスピアが生まれたのは四月二三日であったと先に述べた。だが、この日付けは一応決められたものにすぎない。エリザベス朝には子供が生まれたからと言って届け出る役所があったわけでもないし、制度があったわけでもなかった。ただ洗礼記録が残っている。

シェイクスピアはストラットフォードのホーリートリニティ教会で洗礼を受けた。一五六四年の四月二六日のことである。幾つかの理由から三日前の四月二三日が誕生日と考えられるようになった。

一つは、生後三日ぐらいで受洗するのが当時の習慣だったからというもの。しかしながら、こういう行事には迷信がつきものでもある。日本人が大安吉日を好むのと同じように、四〇〇年前のストラットフォードの親も、三日目にこだわらず縁起の良い日に子供に洗礼を受けさせたかもしれな

ホーリー-トリニティ教会

いと考える人があっても自然なことであるし、子供の死亡率が高かった時代柄を考えれば、なおさらであろう。

次に考えられる理由は、この日がイングランドの守護聖人である聖ジョージの日に当たるということである。守護聖人はイングランド・ウェールズ・スコットランド・アイルランドの四か国でそれぞれ祀《まつ》られていて、各地の安全を守護してくれると深く信じられている。人々の生活に根をおろした深い信仰を集めているのである。

その上、シェイクスピアが亡くなったのはやはり四月二三日だった。国民的大詩人の誕生日が、亡くなった日と同じ日で、しかもそれが守護聖人の日となれば、これほど好都合なことはない。

一九世紀前半に活躍したイギリスの作家ドゥ=クインシーは、シェイクスピアの生誕は四月二二日だったと考えた。シェイクスピアの孫娘がこの日に結婚し、それは祖父の誕生日に因《ちな》んでのことだと推測したのが、ドゥ=クインシーの根拠だった。

四月二三日が見当違いではないように、二二日も間違いとは言えない。シェイクスピアの誕生日を探る人々の姿の中に、この詩人を大切に思う人々の気持ちが感じられる。

少年時代の教育

少年シェイクスピアは文法学校《グラマースクール》で教育を受けたと思われる。町のギルドホールの二階のキングス・ニュー・スクールが、その学校である。修復作業を経ながらもこの学校の建物は現在でも残っていて、観光客が集まっている。一六世紀は教育が重要視された時代だった。一般大衆はまだほとんどが大した教育を受けず文字も読めなかったが、文法学校ではしっかりした教育が施され、学習の機会が与えられていた。近代へ向かう新しい社会だったイングランドには、新興の階層が教育によって伸長していく余地があった。シェイクスピアもこの文法学校に通っていたらしい。父は町の役職につくような発展的な性格だったし、授業料が無料であったともいうから、記録はなくてもシェイクスピアが文法学校で学んだと考えるのは自然であろう。

だとすると、シェイクスピアはかなり厳しい詰め込み教育を受けたことになる。文法学校の日課は非常に厳格だった。学校は朝六時か七時の祈禱で始まる。緯度の高いイギリスでは、冬ならまだ暗い時間である。酷寒の暗い通りを、幼い児童たちは学校に通った。授業は途中にわずかな休みをはさむだけで、夕方五時か六時まで行われたという。七歳から入学した幼い年齢の少年たちまで、毎日、この日課を果たしたのである。今日の日本の教育熱にも劣らない熱心さであった。シェイクスピアは学校に通う生徒の姿を『お気に召すまま』の中で描いた。

文法学校《グラマースクール》

……かばんをもって
朝の輝く顔をしてかたつむりのようにぐずぐずと
しぶしぶ学校への道を辿《たど》るむずがり屋の生徒

文法学校という呼称で学校が呼ばれるのは、ラテン語の文法を教えるところに由来している。その名のとおり、学科はラテン語文法の学習が中心で、数冊の教科書を使って諸外国に通ずる知識がたたき込まれた。

少年たちはまず初歩の文法を習う。教科書はリリーという、イギリス教育界の先達が、易しい英語でラテン語文法を説明した本であった。文法のABCをこの段階で身につけると、次は実際の例文に当たる。ここでは簡単で短い格言などに始まり、順次、高度な原典へと進んでいく。少年だったシェイクスピアも、この段階で、ローマの喜劇作家テレンティウスや、雄弁家キケロに接しているはずである。文法学校はラテン語文法を教えながらも、少年たちがそこで使われる教材を通して社会常識や、広い世界観にまで広く接し身につけられるようにも、配慮されていた。教科に

許可を得た人々が見学している，現在の文法学校の教室内

は、読解ばかりでなく作文も加えられた。さまざまな方法で良い文章を書く訓練がなされ、生徒は最終的には、表現力の豊かな、説得力のある文章を書けるようになるように練習をする。文章創作の基礎訓練とでも言うべきものが、文法学校で施されたのである。

　現代社会は文章創作に対する関心が高い。日本でもカルチャーセンターの文章講座は盛況であるし、欧米諸国の大学には正規の科目として創作講座を設けている所が少なくない。作家志望者が多数、その講座の恩恵を受けている。作家とはどのような過程を経て作られていくものだろうか。この問いに対する答えは時代によってまちまちであろうが、現代では公的教育を経て作家が誕生する場合も多い。文法学校の教育は創作講座ではないが、少年たちはどのように表現するかをここで学んだ。シェイクスピアも恐らくそのような教育を受けたのである。

　後年、創作に際してシェイクスピアは、ギリシア・ローマの作家の作品を参考にすることが多かった。これらの作品をシェイクスピアがいつ読んだのかについては、再び謎のベールに包まれているが、これらが、文法学校の教材として使用されていたことも事実なのである。高学年で読む教材はかなり広い範囲から採られた。文学ジャンル別を考えるなら、詩や劇から散文まで、すべてを網羅していた。ローマ詩人ではオヴィディウス・ホラティウスの三大詩人が読まれた。オヴィディウスは『変身譚《たん》』の作者であるし、ウェルギリウスはローマの国民的叙事詩『アイネーイス』を著している。シェイクスピアは『変身譚』を好んで読んだ。教科はローマばかりでなくギリシア語にも及んだ。実に高度な文学的教育であった。

シェイクスピアは、よく、「ラテン語を少々と、さらにわずかのギリシア語しか知らない」と言われる。シェイクスピアの死後に出版された作品集の献辞にこの一文が書かれて以来、この文はシェイクスピアの無教育ぶりの証拠のように言われ続けた。だがシェイクスピアの古典の知識は、今述べたように、現代人と比べれば比較にならないほど広く深い。エリザベス朝にはケンブリッジ・オクスフォードの両大学を出た「大学才人」と呼ばれる文学者の一群がおり、彼らのような高度な学問レベルを身に付ける機会はシェイクスピアにはなかったらしい。しかし文法学校以後、シェイクスピアには社会そのものが学習の場であった。学問的知識よりは実生活を生きる人々が、シェイクスピアの創作の糧だった。シェイクスピアはロンドン演劇界に身を置くことで、大学で学ぶ以上のことを身に付けた実際的な人だったのである。

シェイクスピアが生まれたのは一五六四年であった。一六一六年に亡くなっているから五二年の生涯だった。現在の長寿国日本と比べれば短い人生と言わなければならない。だが短いながらもシェイクスピアの人生は、国家的繁栄と文化的発展に恵まれた点では平和な一生だった。

近代化とイングランド王国

シェイクスピアの生涯の五二年間はほとんどエリザベス女王の治世期間中に当たっている。社会的には宗教改革による大変動が一応終息し、王国が安定にたどり着いた時代であった。それは同時にヨーロッパ社会全体が中世から近代へ移行していこうという時代でもある。

イングランド王国が近代的王朝としての第一歩を踏み出したのは、ヘンリー七世の時代と言われている。女王の祖父に当たるヘンリー七世はチューダー王朝を開いたが、ばら戦争の内紛に明け暮れる王国は、ここで近代的絶対王朝として統一されるに至った。その頃のヨーロッパは各地で中世から近代への胎動が起こっていた。イタリアではルネサンス興隆期で、レオナルド゠ダ゠ヴィンチらの活躍が目覚ましかったし、イスパニアではまさにコロンブスの新大陸発見のニュースが全ヨーロッパに伝えられようとしている時期だった。精神面でも新しい大変革の波が起こっていた。ルターによって起こされた宗教改革の嵐であった。中世的な、腐敗した教会に抗議したルターの宗教改革運動は、まさに近代的精神の始まりの象徴のような事件となった。

ヘンリー七世に次いで、イングランド王国では彼の息子のヘンリー八世が王位に即く。エリザベス女王の父であるこの王の時代に、王国は宗教改革を体験した。大陸の改革運動と違い、イングランドの宗教改革は宗門上の論争と言うよりは、強大な王権を維持して絶対王政を保とうとする国王の、ローマ教会に対する政策とも言うべきものであった。ヘンリー八世は、当時、イギリスを訪ねた大陸の人文学者エラスムスらの反教権的思想にも関心を示すなど、柔軟な政治手腕を備えた人であったが、大胆にもローマ教会から独立すると、イングランド独自の英国国教会を樹立し、自らその首長となることを宣言した。ローマ教会の重々しい支配が行き渡ったヨーロッパ社会にあって、ヘンリー八世の行動は、ヨーロッパ諸国全体にとって天地をくつがえすような衝撃的事件だった。教皇は激怒し国王を破門したが、王はたじろがず政治的手腕を発揮していった。彼は、それまでローマ教会直属だった修道院の所有地を新興階層に売却して、破産寸前の国庫をうるおした。この政策で売買された土地は、王国の全農地の六分の一にも及んだという。それまでの経済基盤が崩れ、急激な経済変動が王国を襲った。富裕を誇った貴族や領主に代わり、それまでは圧迫を受けていた中産階級の農民や商人が社会の上層部に台頭してくる。国王の政策により混乱は起きたが、それはとりもなおさず自由で個人主義的な経済活動への道を開くことを意味していた。

一五五八年、ヘンリー八世の政策を継いだのがエリザベス女王だった。彼女はヘンリー八世の次女として、父王の二番目の妃《きさき》から生まれた。父王の死後、王位に即いたエドワード六世は新教を奉じ、次のメアリー女王は熱烈な旧教徒だったため、彼らが王座にあったほんの数年ごとに王国の政策は揺れ動いた。国の掲げる教義の従順な追従者だった人々が、次の時代には厳しい迫害を受けた。経済混乱は依然として続いている。エリザベスが女王となった頃は、そうした不安定な社会だった。新しい陸地の発見以来、ヨーロッパ諸国の目は新世界に向けられたが、彼女の王国は大した海軍力もない。イングランドは、ヨーロッパの外れの一介の弱小国にすぎない。その王国の当主となった彼女は、父親譲りの政治手腕を生かして、ヨーロッパ最強の近代国家にしていくのである。彼女は即位後の議会での演説で、自分は王国と結婚するのだとの決意を述べている。彼女は生涯、独身を通した。一女性としては多くを犠牲にして、彼女は王国とともにその生涯を過ごしたのである。

エリザベス女王時代の議会

楽し《メリー》きイングランド

イギリスの歴史の中で近代の始まりとされているチューダー王朝は、エリザベス女王の時代に隆盛期を迎えた。今日まで、イギリスの人々の間には国の元首が女王の時代に国家が繁栄すると信ずるところがある。それはエリザベス女王の時代と、後のヴィクトリア女王の時代にイギリスが世界を席捲《せっけん》するばかりの勢力を持ったところから起こった。それほどエリザベス朝のイングランド王国の繁栄は大きかったし、イギリスの人々は現代に至るまで変わらず、この優れた女王に尊敬の念を抱き続けている。シェイクスピアが生まれ生きたのは、そのような時代だった。

王位に即いた時には女王はまだ二〇歳代の半ばでしかなかったが、彼女は早速、統一国家として磐石《ばんじゃく》の基盤を築くことに腐心している。彼女は新教と旧教の間を揺れ動いた人心をまとめて再び英国国教会を開き、首長の座に就く。俗権と教権をともに手中にした彼女は、名実ともに最高権力者として自由に政策を推し進め、イングランドはヨーロッパの中でもとりわけ安定した、強大な国家となっていく。

国民の生活は活気に満ちたものになってきた。地方では囲い込みが盛んに行われていたものの、依然として森林も野原も豊かに残っていた。村々には商工業が発達して、生活に必要な工業製品はほとんど自給自足で手に入った。村の周りに広がる農耕地からは小麦やライ麦が穫《と》れ、ブリストルやロンドンなどの都会に運ばれた。商業の勢いは海外にまで伸びていく。羊毛や毛織物が海外市場に輸出されていく。海外進出の力はなにも商業ばかりにとどまってはいない。シェイクスピアが二四歳の年には、イングランドの海軍力は海上に敵無しと自負していたスペインの無敵艦隊を破るに至ったし、ドレーク船長も既に世界周航を果たしていた。スコットランドとの国境は侵入と略奪をしばしば受けてきたが、女王の治世には両国間の関係も好転しつつあった。

人々は日々の生活そのものを楽しんだ。国民経済の基盤は固まり、国力は増強。自然は豊かで、しかも町には活気がある。中世の束縛から解放された自由を楽しみ、後の時代に訪れる宗教上の嵐も機械文明も知らずにいられる。

概して人々の心情はのどかなところがあって、音楽や詩が愛された時代だった。音楽も抒情詩も、もともと女王の父君の宮廷で盛んに行われていた。しかし、芸術を好んだのは宮廷人ばかりではなかった。国民のあらゆる階層の人々が、開放的で可能性に満ちた時代の空気を感じ取っていた。人々は唄《うた》を歌ったり、詩を作ったり、好んで音楽を奏でたりした。イギリスルネサンスの根底には高名になった芸術家ばかりではなく、国民全体のこうした芸術への愛好心があったのである。この社会の様子は「楽しき《メリー》イングランド」という言葉に集約されている。シェイクスピアの諸作品は、その時代と社会を背景として生まれ出てくることになったのである。

シェイクスピアの生地であるストラットフォードーアポンーエイヴォンは、その名が示すとおり、エイヴォン川のほとりに開けている。人口は二、〇〇〇ほどであった。エイヴォン川は水路として利用されたから、川沿いのストラットフォードは、交通の上で地の利を得ていた。そのうえ、街道がここで川を渡っているから、陸路と水路が交わる地点でもある。町は古くから市場町として栄え、近隣の農民が家畜を連れて来ては、ストラットフォードの通りや広場で市を開いた。町の周辺一帯には肥沃な土地が広がり、国内でも有数の穀倉地帯になっている。ストラットフォードは、豊かな

エイヴォン川

農業地域の典型的な一中心地であった。

一五五三年に、町は自治制を敷いている。国王から勅許状を得ると、町の人々は自らの手で町の運営を始めたのである。中世的な古い体制からの脱皮が、ストラットフォードのような地方の小さな一町村でも行われ、町議会が独立独歩で、自分たちの条例を定めるようになった。手袋作りを職業としたシェイクスピアの父が、町の政治に積極的に参加していったのも、この時期であった。新しい自由の空気というものが、町に流れていたとも言えるであろう。これがシェイクスピアの生地の模様であった。

森と田園の地方

現在ではもうなくなってしまったが、その頃はエイヴォン川の北西に緑豊かな森が広がっていた。この森は人家もまれな深い森林地帯で、鹿やうさぎの棲《す》み家となっていた。夏には野の花が咲き乱れ、小鳥がさえずる美しい森だったという。少年シェイクスピアは、よくこの森で遊んだらしい。豊かな自然が少年の情操教育に役立ったのは想像に難《かた》くない。シェイクスピアはロンドンで長く過ごしながらも、生涯、都会の詩人ではなく田園の詩人であり続けた。次の唄《うた》は恐らくシェイクスピアの少年時代の体験から生まれたものであろう。

緑深き　森の木陰に
横たわり　鳥に合わせて
楽し気に　歌うを好む人ならば
来たらん　ここへ　いざ　ここへ
冬と嵐の他ならば
ここには敵も無いものを

シェイクスピアはこの唄を中期の喜劇『お気に召すまま』の中で書いた。『お気に召すまま』は田園劇（パストラル）として完成され、田園から見た宮廷の醜さを揶揄《やゆ》する作品となっている。主人公の一団は、権力欲の渦巻く宮廷を追放されるという憂き目にあってアーデンの森に逃れて来る。そこで歌われるのが先の唄である。結局、森に滞在中に主人公と対立者とは和解し、一行は宮廷に戻って行く。これが『お気に召すまま』の物語であるが、作品創作に当たったシェイクスピアは、宮廷の冷酷さの対極にあるものとして、豊かで寛容な故郷の森を思い浮かべたのであろう。

ストラットフォードの自然環境は実に豊かだった。エイヴォン川をはさんで森の反対側には広大な麦畑が広がっていた。麦は大地の養分を吸い取って逞《たくま》しく育っていく。その空間は、いわばエネ

ストラットフォードの麦畑

ルギッシュな生命の世界でもあった。少年シェイクスピアも田園のエネルギーを感じ取って過ごしたであろう。晩年の喜劇を書く頃も、シェイクスピアは生命のエネルギーに満ちた田園を忘れず、『冬の夜ばなし』では小間物商オートリカスを登場させた。喜劇を引き起こす上で重要な役割を担うこの登場人物は、善人でも賢者でもない。口八丁手八丁で、小間物を農民に売りつけては村々を回る巡回商で、時には詐欺まがいの事までして人々から金を巻き上げる。それが少しも陰険にならない。それはオートリカスが生命力に満ちていて明るいからにほかならない。

シェイクスピアがオートリカスを描いたために、逆に、麦畑の広がる田園が、後世の読者にとって素朴な生命力に満ちたイメージを獲得したのかもしれない。いずれにせよシェイクスピアの描いた田園風景の一つは、善悪の倫理が問われる堅苦しい社会ではなく、ひたすら生きていることを楽しむ世界だったのは事実である。

ストラットフォードには現在、鉄道が敷かれている。中部の大工業都市バーミンガムとの間を、麦畑や牧草地を縫って走る地方鉄道で、朝晩には、町に働きに出る人々で結構混んでいる。この鉄道の途中駅で、ある夕方に筆者は面白い物を目撃した。反対側のバーミンガム方面のホームに一五、六歳の少年が三人立って話している。どうやら彼らは都会のディスコにでも遊びに出ると見えて、全員が女装している。衣装は女性用の短いテニス用スカートで頭には白いリボンを巻いている。彼らはホームにストラットフォード行きの列車が入ると、何かおかしそうに相談。次の瞬間、後ろ向きになった三人が一列に並ぶと、一斉に前かがみになりながらスカートをぱっとめくって見せた。乗客は慣れているのか顔付き一つ変えない。少年たちは夏のたそがれのホームの上で爆笑している。それは日本の農村では見られない、おとなしからざる生命エネルギーを秘めた風景だった。ストラットフォードの近郊、ヘンリー＝イン＝アーデンでのことだった。

移りいく運命

シェイクスピアの父は極めて羽振りの良い手袋商だったと述べたが、その隆盛は長くは続かなかった。少年シェイクスピアは父の没落を目の当たりにした。この体験がシェイクスピアの人生への洞察を深める結果になっただろうということは、他の研究者も認めるところである。平家物語の一節に、「祇園精舎の鐘の声、諸行無常の響《ひびき》あり。沙羅《さら》双樹《そうじゅ》の花の色、盛者必衰《じょうしゃひっすい》の理《ことわり》をあらはす」という言葉があるが、シェイクスピアが少年時代に見た父の没落も、ちょうどこのようなものだった。

商売上の不振がもとで、父は政治からも身を引くようになる。一五七六年ごろ、シェイクスピアが一二歳になった頃に一家には一大転機が起こった。それまで町会議員、参事会員、町長、首席参事会員と勤め上げ、誰よりも町政に尽くしてきた父も、町議会への欠席が続き、負債の返済請求を恐れて請求者に会いそうな礼拝にも行かなくなった。それ以前に、彼は商売の成功と町政に占める地位を足がかりにして、地方の商人としては望める限りの階層だった郷紳《ジェントルマン》階級になろうと計画している。そのため彼は、紋章院に紋章使用許可を願い出ていたが、その計画も立ち消えとなる。シェイクスピアの父の経済的困窮は、ストラットフォードの町全体が襲われた深刻な景気後退の一端だった。経済の安定しない時代にあって、町からは多くの貧民が出た。町の人口の半数が世紀の変わり目には貧民状態になっていたという説があるほど、困窮は厳しかった。その社会状況に加えて、シェイクスピア家の経済困難を大きくしたのは、父の背負い込んだ負債であった。鷹揚《おうよう》な性格だったらしい父は、人の保証人にもなっていた。それが社会全体の経済陥没にあって、他人の負債まで背負い込むことになった。町の政治家としては適した親しみ易い性格が、一家にとっては災いとなってしまった。シェイクスピアが一四歳の年には、父は、妻が実家のアーデン家から相続した土地を売って、負債の返済に当てなければならなかった。

父が町政に腕をふるっていた頃には、少年シェイクスピアは「マスター–シェイクスピア」の息子だった。シェイクスピアが通っていた文法学校《グラマースクール》は、町政が討議されるギルドホールの二階だったから、父と息子が同じ通りをそれぞれ歩いたことになる。だが、シェイクスピアが一八歳になる頃までには、父の経済的困難は決定的になっていた。それ以後、シェイクスピアの父が自力で、再び以前の繁栄を回復することはなかった。

町の人々は二〇年にわたって町政に尽くしたジョン＝シェイクスピアに対して温かい態度を保ち続けていたらしい。欠席続きだったにもかかわらず、町議会は異例の処置を取り、一〇年間も彼を除名にしなかったという。

これがシェイクスピアの少年時代の、シェイクスピア家の様子である。ストラットフォードでの一個人の成功は社会全体から見れば些細《ささい》な出来事にすぎない。それにもかかわらずやはり父の没落は、頂点にある人も次の瞬間には深い奈落《ならく》に転落し得ることの事例であった。人の運命が変転すること。これが少年シェイクスピアの体験したことだった。

汝は死を覚悟せよ

一五六四年のシェイクスピアが生まれた時期には、ストラットフォードの町はペスト（黒死病）の流行に襲われていた。生まれたばかりのシェイクスピアも死の恐怖にさらされた。

ペストの流行は数世紀間、ヨーロッパの人々にとって死の恐怖の源であった。ペストの中でも、特に腺ペストにかかると肌が紫黒色に変色して乾いていく。その色が無気味であった。一四世紀半ばにシチリア島に上陸したペストは、数年の間、大流行し、ヨーロッパの人口の三分の一が死亡した記録が残っている。その後も一七世紀に至るまで思い出したように流行を繰り返しては、ペストは人々の生命を奪っていった。ヨーロッパの人々には、ペストはいつどこから襲いかかってくるかわからない死神のようなものだった。シェイクスピアの生まれた年の流行で病魔に倒れた町民の数は、二〇〇人を超えていた。町の人口が二、〇〇〇ほどであったから、極めて高い死亡率となる。一家の人数が六、七人はいる家族も多かったから、割合だけで考えれば、多くの家庭で家族の一人はペストで生命を落としたわけだった。このことからも、村じゅうに死の恐怖の沈うつな空気が漂ったことが容易に想像される。

床に描かれたしゃれこうべ

ロンドンのような人口集中の激しい大都市での流行は、さらに一層大きな災禍をもたらしていた。シェイクスピアはその生涯で幾度かペストの流行に遭遇しているが、なかでもロンドンで活躍が軌道に乗り始めた一五九二年の大流行は、劇作家としての生活に影を落とすことになる。この時、シェイクスピアはかろうじて死を免れたが、ロンドンの市民は一年間のうちに一万人以上が死亡した。

その中には一家が全滅するような家族もあった。

人々は何とか死の恐怖から逃れようとする。だが、衛生環境も悪く、ペスト菌を媒介するネズミやノミに対して何の予防手段もわかっていない社会にあっては、所詮《しょせん》その努力も空しいものであった。誰もが生命の危機感と死の意識を持たざるを得なかった。

シェイクスピアの時代の人々が抱いていた死の意識は「汝は死を覚悟せよ」という言葉に集約されている。この言葉はしゃれこうべや、踊るがい骨の図案で意匠化され、時代のモットーになった。人によっては、死への恐怖は諦観《ていかん》に結びつく。諦観は現世的な価値への軽蔑をもたらす。肉体には限りがあり、所詮は蛆虫《うじむし》の餌《えさ》になるのに、この世の栄耀栄華《えいようえいが》に何の意味があろうか。おおむねこのような事を諦観を抱いた人々は考えた。同時に一方では、死の覚悟が生命の謳歌《おうか》に結びつく場合も多かった。酷《むご》たらしい死と対比させることで、人々は生活においても芸術においても、生命力を爆発させた。これがルネサンスの特徴の一つであった。

シェイクスピアも例外ではなかった。彼は時代の風潮であった諦観と生命力を巧みに肉付けして作品化していった。一五九二年にペストがロンドンを襲った直後に制作されたとされている作品に『ロミオとジュリエット』がある。この作品から一例を紹介しておこう。次の台詞は主人公ロミオの親友マキューシオによって語られる。彼は血気盛んで機知に富んだ若者である。反目し合う二家族の争いに巻き込まれて致命傷を受けたマキューシオは、このように叫ぶ。

家に連れてってくれ、ヴェンボーリオ、
気絶しそうだ。
どっちの家も疫病《ペスト》にたたられるがいい！
よってたかっておれを蛆虫の餌にしやがって、
畜生、やられた！　お前たちの家に！
マキューシオの断末魔の絶望は、シェイクスピアの観客にとっては現実的な恐怖を伴うものだったはずである。シェイクスピアはそのことをよく知っていて、観客に共通の切実な思想を作品に盛り込んでいったのである。
ところで、シェイクスピア自身は「汝は死を覚悟せよ」という時代風潮から諦観を得たのであろうか。それとも生命を謳歌したのであろうか。一私人としてのシェイクスピアが、死を意識しながらどのような境地にあったのかはわからない。だが芸術家としてのシェイクスピアの目は、常に生きた人間に向けられていた。彼の作品には死を夢想する人物も描かれている。諦観に至った人も描かれている。だがシェイクスピアは彼らの姿を生命の一つの状態として描いたのであって、決して生命を否定したのではなかった。シェイクスピアの興味は、生きていて悩んだり苦しんだり喜んだりしている人間そのものにあった。そこにルネサンス人たるシェイクスピアの芸術の生気が宿っている。

シェイクスピアはしたたかな生命力を持った人だったと思われる。後年、シェイクスピアは一人息子を失うことになるが、その後の時期に彼が描いたのは、全作品の中でも最も喜劇的な人物とも言えるフォルスタッフであった。「生きている」ということそのものの人物である。フォルスタッフは大ぼら吹きの小悪党で、ビール樽のように太った不細工な人物である。だが彼は、その巨体に生命をたっぷり詰め込んで、誰からも愛される登場人物となったのである。

文法学校を去って

さて、シェイクスピアが文法学校の学業を修了したかどうか疑問を持つ人々がいる。既に述べたように、シェイクスピア家の経済は傾いていたから、借財に窮した父の店を手伝うために学校を辞めざるを得なかったと考えるのも、不可能な事ではない。それと同じように、時代の風潮に敏感なシェイクスピアの父が、中産階級の教育熱が高まっていた時勢に、家運が傾いたとは言え、無料の文法学校から長男を中途退学はさせないのではないかとも考えられる。いずれにしてもシェイクスピアは十代の半ばぐらいまでには、学校時代を終えていたらしい。

学校を離れてからシェイクスピアが何の仕事についたのか。これにも諸説がある。学校で身につけた文法の知識を活かして、地方の学校教師になったという説。これは、否定する根拠はないが正確だとも言い切れない説ということになっている。シェイクスピアが軍務についたという説もある。

これは記録があるのだが、当時はウィリアムもシェイクスピアもありふれた名前だったから、別の人物の記録かもしれない。三番目の説は、法律事務所に勤めていたという説である。この説はシェイクスピアが法律に詳しかった事実から、特に自分自身も法律家であるような愛好者によって支持されてきた。だが、シェイクスピアの父もシェイクスピア自身も訴訟好きだったことを考えると、一概にシェイクスピアが法律を仕事としたとも言えなくなってくる。シェイクスピアの父は羽振りの良かった時代には、利益を求めて商売上の争いで訴訟を起こしているし、後に没落すると、少しでも財産収入につながる権利を求めて、再三、法廷に立っている。これはシェイクスピアも同様で、資産家になってからも彼は些細《ささい》な金額の返済を求めて訴訟を起こしている。むしろこの事実からは、訴訟が今よりも日常的なことで、シェイクスピア家では金銭上の問題は訴訟で公正に処理し、よけいな悶着を避けるのが家風であったとも考えられるのである。

次に考えられるのは、学校を終えると、当面、シェイクスピアは父の店で徒弟生活に入ったという説である。この説は自然な印象を与える。だがそれでも今までの研究からは、この説が確かだという証拠は得られていない。

後世の読者に知らされているのは、シェイクスピアは少なくとも一八歳の時点ではストラットフォードにいたということである。そうだとすれば、彼は困窮した父にとっても家族にとっても、心強い支えであっただろう。彼の家にはまだ幼い弟や妹がいたから、学校を去ったシェイクスピアが家族にとって頼もしい存在になったのではないかと、一般的に考えられている。

だがこれはシェイクスピアにとっては仮の姿であった。結局、シェイクスピアはロンドンに出る。ストラットフォードにいる間もシェイクスピアは恐らく読書を続けていたのであろう。新しい物語や知識を求めて、広い世間に出て行くことを考えたかもしれない。シェイクスピアのような青年が、ストラットフォードからロンドンに出るのは珍しいことではなかった。シェイクスピアには先輩に当たるリチャード＝フィールドも、既にロンドンで印刷出版の徒弟生活に入っていた。シェイクスピアのような有為の青年が、大都会で活躍しようと考えても、自然なことであった。

だが、新しい世界を目指して故郷を離れるシェイクスピアは、希望で足取りの軽くなった気楽な青年ではなかった。一八歳のシェイクスピアは結婚するのである。これが学校時代以後、ロンドンで劇作家として成功する以前に、シェイクスピアが残した唯一の記録である。

アンとの結婚

一五八二年にシェイクスピアは一八歳になる。その年の一一月に彼は結婚した。相手はショタリーに住むアン＝ハサウェイという女性であった。アンの実家であるハサウェイ家は裕福な農家で、ストラットフォードから伸びる小道の先に草ぶき屋根の大きな家を構えていた。ヘンリー＝ストリートのシェイクスピアの家からアンの家までに歩いても三〇分ほど。その小道は今でも所々、緑の木々が枝を張る快適な散歩道になっている。

妻アンの実家ハサウェイ家

シェイクスピアとアンとのなれそめはわかっていないが、町長まで勤めたストラットフォードの顔役だったシェイクスピアの父と、隣村と言っても町から目と鼻の先に住む由緒あるハサウェイ家との間には、つきあいがあったとも考えられる。アンには兄弟姉妹が多かったらしい。恐らく七人以上の兄弟の長女だったのであろう。シェイクスピアと結婚した時、彼女は二六歳だった。当時の女性としては晩婚であった。何らかの事情で結婚が遅れ、大きな家の中の切り盛りを手助けしながら暮らしていたのであろう。

二人の間には八歳の年齢差があり、しかもアンの方がシェイクスピアより年上であったが、シェイクスピアは彼女を選んで結婚した。翌年の五月には長女のスザンナが生まれ、さらに二年後には、ハムネットとジュディスの男女の双子が生まれる。この時にシェイクスピアは二〇歳。若い父親であった。

シェイクスピアは家族を連れて、ヘンリー-ストリートの父の家に住んでいたのであろうと思われる。父と共に店の仕事に精を出したかもしれない。シェイクスピア自身の新しい家族が加わったことで、父の家はにぎやかになった。シェイクスピアの両親の他にギルバート、ジョウン、リチャード、エドマンドの兄弟。そしてシェイクスピアとアンと三人の子供たちが、ヘンリー-ストリートの家の全員であったと思われる。妹のアンはしばらく前に七歳の短い命を閉じてしまっていたが、その寂しさも忘れるようなにぎやかさであっただろう。

だが、その大家族は経済上のシェイクスピアの責任を増す結果になったと考えられる。シェイクスピアは、若いながらも一家のあるじであった。父の所帯はこのままではじり貧である。いずれにしても何か大胆な解決策が両方の家族に必要であっただろう。

ハムネットとジュディスの双子の父となった一五八五年の二月以後のどこかで、シェイクスピアは、ストラットフォードからの道を新しい世界に向けてたどって行く。目指す先はロンドンであった。

新しい時代の波の中へ

さて、シェイクスピアはロンドンという、知識と新しい試みと活気に満ちた都市に向かって歩いている。背後には静かなストラットフォードの町。眼前およそ五日の道のりの先には大都会ロンドンがあった。まさにそれは習慣を中核に置いた古い社会から、何事につけても個人の気転と采配《さいはい》が成功を左右する挑戦的な新しい社会への道のりであったとも言える。青年シェイクスピアは、いわばこの古い社会から新しい社会に入って行ったわけだが、それはシェイクスピアにとって、実際的な自活の開始だけではなく、莫大な文芸上、社会上の知識の獲得をも意味していた。とりわけ彼がロンドンで知った文芸は、ルネサンス文芸の粋

(オランダ人 Claes Jan Visscher による彫刻から)

とも言うべき作品群であった。シェイクスピアは少年時代、決して読書から遠い少年ではなかったであろうが、彼が身近に自由に手に入れられる文芸作品は少なかったはずである。印刷出版はロンドンの他には、オクスフォードとケンブリッジの大学町に限られていたし、印刷部数もきわめて少ないのが普通だった。ストラットフォードはロンドンからは一五〇キロばかりであるし、オクスフォードにはさらに近いが、それでも当時の出版状況では今のように簡単には本が手に入らない。ロンドンと地方の町村を行き来する行商人が、小間物といっしょに売り歩く俗謡の類が、ストラットフォードの人々にはいちばん馴染《なじ》みの深い文芸というのが実情だった。

それと比べてロンドンの文壇はどのようだったか。散文では独自の文体を確立したリリーが宮廷を中心にもてはやされ、詩では英文学史上に名だたるシドニーやスペンサーの作品が愛好されている。その他にも、多種多様な文芸作品が市民生活の中に入っていた。ロンドンの市民は欲しいと思えば好き

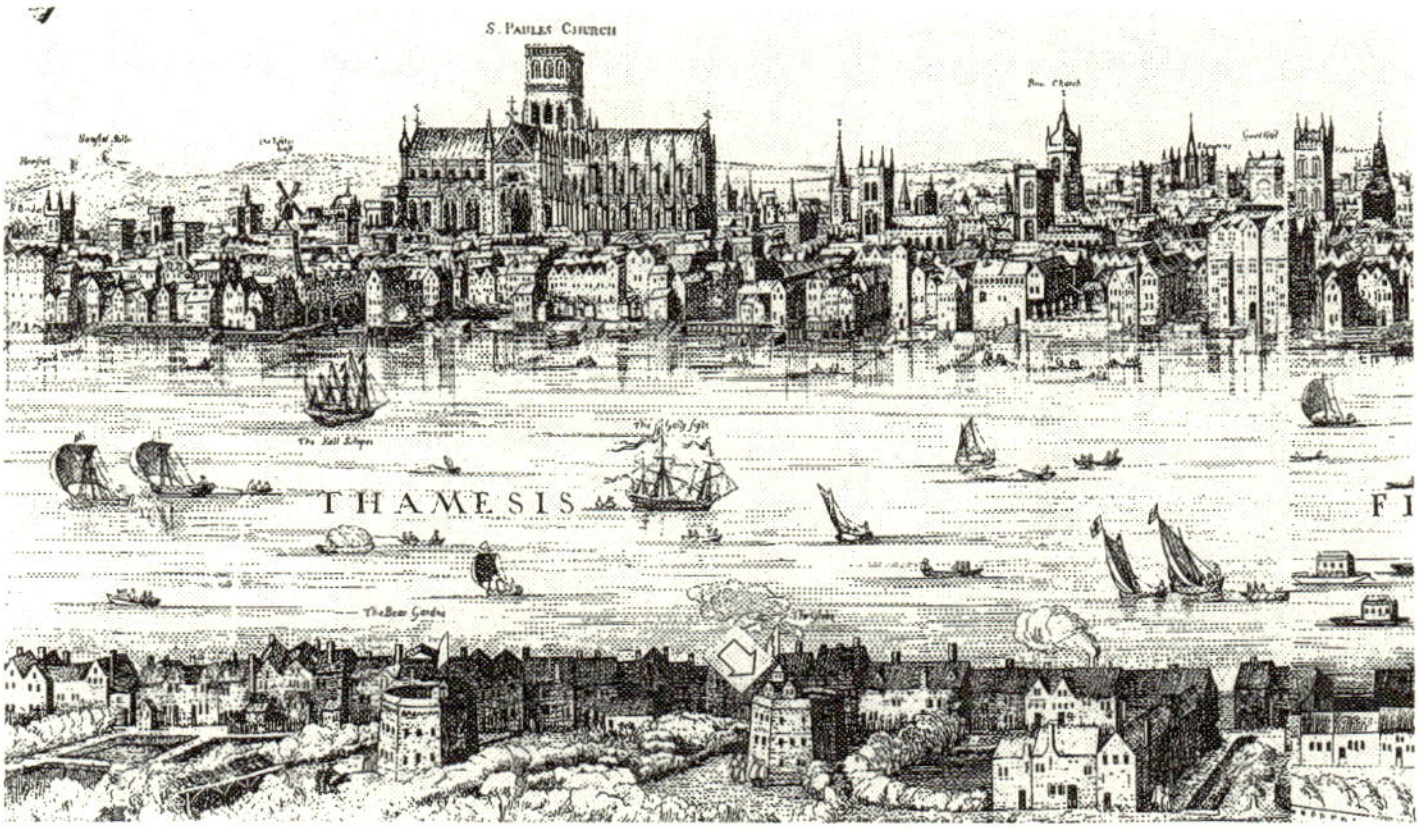

1616年のロンドン（矢印⇒がグローブ座）

な時に出版物を得ることが出来た。この文学的活気がシェイクスピアに刺激を与えないはずがなかった。

演劇状況にしても、故郷の村とロンドンとは際立って違っていた。ストラットフォードが演劇史的に依然として中世なら、ロンドンは既に近代に入りつつあったと言っても良かった。ストラットフォードにロンドンから旅回りの一座が巡業に来て、ギルドホールなどで上演することもあったが、村の人々が日頃親しんでいる演劇は、たいていは中世的な奇跡劇や道徳劇であった。舞台と言っても粗末な布張りの小屋がしつらえられているにすぎない。物語もきわめて簡素で村人の誰にでもわかるような筋になっている。奇跡劇ならキリストにまつわる伝説か、道徳劇なら日常的な教訓譚《たん》だった。場面は「天国」とか「地獄」。登場人物は「悪徳」や「善行」といった具合。つまり演劇的諸要素自体がきわめて寓意的で、素朴な芝居だったのである。しかもイングランド王国のどこの村でも、多くの場合、役者は職業組合《ギルド》の親方たちが引き受けて上演されるといった、いわば素人芝居だった。

シェイクスピアがまだストラットフォードにいる間に、ロンドンから巡業一座が訪れたことが何度かあった。それ以外に村の人々が芝居を楽しめるのは、古い形式の芝居が上演される時だけであった。シェイクスピアも勿論、例外ではない。だから都会の一座が村で公演した時には、非常な評判になった。一五八七年にストラットフォードを訪れた女王一座が公演した時など、あまりに観客が詰めかけたため、客席の椅子が壊されてしまったという。猛烈な興味である。地方の一農村の人々にも、新しい演劇に対する強い興味が持たれていたと言えるであろう。今、シェイクスピアが足を踏み入れようとしているロンドンの演劇界は、演劇に対する時代の関心に支えられて、どんどん発展しようとしている。イギリスールネサンス演劇は、イギリス文学にとっても、世界演劇全体にとっても、記念すべき作品群を残したが、シェイクスピアはまさに、その一時代の中に身を投じようとしていた。

ロンドンの劇場

ところでシェイクスピアが上京したらしい一五八五年頃、ロンドンの劇場らしい劇場と言えば、シアター座とカーテン座の二軒だけであった。当時のロンドンの人口はおよそ二〇万とも言われているから、単純に計算すれば一〇万人が交替で一つの劇場の演目を享受したことになる。これは決して豊かな演劇供給事情とは言えない。

イギリスで、今日考えられるようないわゆる大劇場が発展したのは、そう古いことではない。それまでどこで演じられていたのであろうか。酒場を兼ねた宿屋《イン》の中庭とか、宮廷や法学院の広間。そしてストラットフォードに来た一座のように、ギルドホールなどで演じられていたのである。宿屋の中庭で演じられる場合は、観客は言うまでもなくアルコールで上気嫌になる。彼らは中庭に張り出した簡単な舞台の回りに集まって、青天井の下に席を占める。アルコールの勢いを借りた喧騒の中で、客席も舞台も混然一体となって芝居が演じられる。観客も楽しいし、店も儲《もう》かるという仕組みである。つまり芝居は酒の席の余興だったわけで、芝居が何事かの余興として演じられたという点では、宮廷や法学院での上演も例外ではない。

この、いわばつけ足し的存在であった芝居を、一つの事業として成立させたのがシアター座やカーテン座であった。

最初に建てられたのはシアター座であった。相当な収容人員数の本格的劇場だったらしい。建築は一五七六年で、シェイクスピアが一二歳の年のことである。少年の彼はいまだ演劇には遠い世界にいたが、イギリス演劇はこの年に、初めて近代的な上演機構と、一つの芸術的地歩を得たことになる。

シアター座を建てた人はジェイムズ・バーベッジといった。自分自身も俳優だった彼は、演劇熱の高まった時代の気運を敏感に察知すると、新しい形態の劇場の建設に取り組んだ。彼のこの決定が、イギリスールネサンス演劇を一気に発展させる引き金になったのである。だが、建設が初めから何の困難もなく進んだわけではなかった。それがどのような困難だったのかを述べるには、まず当時のロンドンが、どのような町だったのかを見なければならない。

ロンドンは、一言で言えば、純市民的な商業の町であった。二〇万という人口は、当時、他の都市が多くてもせいぜい二、三万だったのと比べると、巨大な都市ということになる。商業や金融の中枢は、古い市壁で囲まれたわずか三三〇エーカーほどの地域に集中している。ここが市内《シティー》である。ロンドンの核であった。シティーにはゆったりと庭を持つ家々もあるが、その一方で人口が過密に集中し、街路は細く行き交い、軒が迫る街並みも多い。町の隆盛とともに人口は増加を続け、市壁の外にも新興地域が四方に広がりつつある。ロンドンの町はどんどん成長し、市民は富と力を蓄え、独立的で強力な地位を王国内に確立していったのである。

市政は市民の代表から成るロンドン市会が司《つかさど》っていたが、市民の多くは商人であったから、おのずと経済面での個人主義を支える新教に向かう。なかでも清教主義がシェイクスピアの時代のロンドン市会の傾向であった。これは演劇に対しては批判的な考えである。清教主義では演劇は人間を堕落に導くものとして捉《とら》えられている。この考えが演劇を発展させようとする潮流と相容れるはずがなかった。教義は別としても、たしかに酒場まがいの芝居小屋には酔客やよからぬ連中が集まる。おかげで近隣の風紀は乱れるし、満員の群衆から疫病が一気に流行する危険もあった。こうしてロンドン市会は、市壁の内側に専門の劇場を建設することに強く反対し続けたのである。おおむね以上が、シアター座建設に伴う困難であったと考えられる。客足の集まりやすいシティーに建てるのが、初の劇場として運営上は良いに決まっているが、シアター座は市壁を出た北側のショアディッチという地区に建設された。清教主義と演劇人との対立は、以後、長く続くことになった。シェイクスピアもいずれこの対立に巻き込まれることになる。

ロンドン市会の反対姿勢にもかかわらず、演劇産業は昇り調子であった。シアター座は大成功をおさめ、その好景気にあずかろうと翌年にはすぐ近くにカーテン座が開場。シェイクスピアの生きている間に、ロンドンには、ローズ座・スワン座・グローブ座・フォーテュン座・ホープ座が出来た。これらの劇場はパブリックシアターと名付けられた。この他にプライヴェートシアターと呼ばれる劇場も次々と開かれている。こうして劇場が増えて良質の戯曲に対する需要が高まる。劇作家にとっては恵まれた状況が、シェイクスピアがやって来た当時のロンドンにはあった。

「失われた年月」

ロンドンでの新生活の当初の数年間、シェイクスピアはどこで何をしていたのか、まるで記録というものを残していない。アンとの結婚から、ロンドンへの上京までの期間とあわせて、この時期は「失われた年月」と呼ばれる、記録上の空白期になっている。

いったい彼はどこで何をしていたのであろうか。まず考えられるのは、何かしらのつてを頼ってどこかの一座に加わったのではないかということである。つまり俳優を目指したわけである。

シェイクスピアが俳優になったいきさつについては、一つの伝説が残されている。それによると、彼は初めは劇場の入口で、馬で来る客のために馬番をしていたというのである。もともと利発で、馬番としても才能を発揮した彼は、何人かの同業の少年を束ねてグループを組織する。馬番団のシェイクスピアーボーイズである。他の馬番の中でもとりわけ目立つシェイクスピアーボーイズは、一座の俳優の目を引くようになる。その挙げ句、シェイクスピアは俳優の仲間に加わったという話である。シェイクスピアは後年、多額の富を蓄えることになる。この伝説は、彼の実業の才覚に合わせて出来上がって来た可能性が強い。

だが、経緯はどうあれ、彼はどうやら俳優兼劇作家、あるいは、そのどちらかとしてどこかの一座に雇われたらしい。一五九二年には他の作家が彼のことに言及し、「俳優にして劇作家」と言っているのである。

演劇は次第に注目を集める職業になっていた。専門の劇場の建設に伴ってプロの劇団がそこで上演する。上演が当たれば名演の俳優がおのずと注目される。いわゆるスター俳優が誕生する。俳優の株も上がったのである。それは、俳優を浮浪者のように考えていた社会においては、画期的なことであったと思う。もちろん俳優は先の時代からいたのだが、職業としては公認されてはいない。

そのままでは一時的なぐさみを提供する下賤な者たちとしてしか認められない彼らは、演劇好きの貴族から庇護《ひご》を受けて、お抱え俳優として社会構造の中に組み込まれることになるのである。貴族のお抱えとなった俳優は一座を作り独自の活動をする。だいたい七人か八人の小回りのきく集団であった。このような一座が当時のロンドンにも幾つかあった。シェイクスピアはそのうちどれかに入ったらしいのである。

さて、シェイクスピアがロンドン生活を始めたかと思われる頃、テムズ川の南岸に新しくローズ座が出来上がった。当代切っての名優とうたわれるエドワード＝アレンが華々しく舞台に立っている。作品は新進気鋭の劇作家クリストファ＝マーロウ作の『タンバレイン大王』である。この公演は非常な人気であった。恐らくシェイクスピアもこの公演を観《み》ていたであろう。彼はこの時、アレンのような俳優になろうと思ったか。それともマーロウのような劇作品を書こうと思ったか。どちらだったであろうか。結果としては後者になった。

その頃の俳優一座は、劇場を決めると日代わりで一週間に五本か六本の作品を上演していた。同じ一座が何人かの劇作家の作品を上演する。時には古い作品の焼き直しを演目に加えることもある。その場合には一座の中で文才のある俳優が、余分な台詞《せりふ》を削り新しい言葉を加えたりしただろう。小さい集団であったから、俳優がそのまま劇作家にもなる。シェイクスピアの入った世界も、このような環境だったであろう。シェイクスピアはそこで自分自身の作品を書くようになったと考えてもおかしくはない。

一五九二年で「失われた年月」は終わる。演劇界での先人であった大学出の劇作家ロバート＝グリーンは、この年、死の床に横たわっていた。ケンブリッジで一流の教育を受けながらもボヘミアンの生涯を過ごしたグリーンは、きわめて貧しい死に際を迎えていた。彼は自分の活躍してきた演劇界を振り返って、このように書いている。

俳優連中を信用するな。中には成り上がり者の烏がいて、おれたちの羽を借りて真似をしては、虎の心を俳優の衣に隠して、君たちの中でも一番の上手と同じように立派な台詞が言えるとうぬぼれている。……そして国中で唯一人の芝居作りの名人《シェイク・シーン》だと思っている。

『グリーンの三文の知恵』と名付けられた文のこの一節は、仲間の大学出身の文筆家たちに向けて書かれたものであった。グリーンが罵倒《ばとう》を浴びせかけている相手がシェイクスピアである。成り上がり者で、学問も家柄もないのに、大衆の人気を一手に握ったシェイクスピアを、グリーンは死に赴きながら苦々しく思っている。「虎の心を俳優の衣に隠して」の部分はシェイクスピアの『ヘンリー六世』の中の一文をもじったものである。「芝居作りの名人《シェイク・シーン》」もシェイクスピアの名に当てつけたのであろう。

いよいよ劇作家シェイクスピアは、ロンドン演劇界に登場したのである。

II 劇作家への道のり

情熱と挑戦の習作期

「成り上がり者の烏」とグリーンに呼ばれる頃までに、シェイクスピアは何作品かを既に制作していた。自らも文壇に幅をきかせていたグリーンが、若いシェイクスピアの一作品だけで、あの皮肉に満ちた文を書くはずがないからである。少なくともその二年後の一五九四年頃までには、二篇の詩作品を書き上げ、さらに一五四篇から成る一連の『十四行詩《ソネット》集』の創作に取りかかっていたらしい。

この時期に彼が書いた作品群は、『ヘンリー六世』の三部作、『ヴェローナの二紳士』、『間違いつづき』、『じゃじゃ馬馴らし』、『リチャード三世』、『タイタス＝アンドロニカス』、『恋の骨折損』。そして物語詩の『ヴィーナスとアドニス』と『ルクリース凌辱《りょうじょく》』である。シェイクスピアは三〇歳。ほぼ一〇年の時間で新進劇作家として名声を博すまでになっていた。

無韻詩の習得

観客が熱狂的に若いシェイクスピアの作品を迎え入れた理由の一つは、彼の作品が聴いていて心地良いという点にある。

詩作品のリズムが良いのは当然であるが、劇作品でもシェイクスピアは、時に力強く、時に美しいリズミカルな言葉を工夫した。言葉の響きの良さということが、彼にはおおいに気になったのである。劇作品を制作しながらも、シェイクスピアは詩人であった。

音楽のように次へ次へと聴きたくなるような台詞《せりふ》はどうしたら書けるか。そのために彼が用いたのは、無韻詩と呼ばれる形式の韻文であった。弱強五歩格で行末の押韻をせず、行から行へと台詞が運ばれる無韻詩は、さしずめ日本人に七五調が快いように、英語国民には調子良く響く。ローズ座でアレンが朗々と語った『タンバレイン大王』の成功の理由も、一つには無韻詩の魅力にあったのである。シェイクスピアはまず、この技法を習得しようとした。

リズムのある言葉はえてして劇的効果を生ずるものである。若くてきれいな少女がいるとする。彼女はある少年を恋し、彼の名前がロミオだと知る。ところが彼は彼女の家の仇敵《きゅうてき》の一人息子であった。日常的散文なら、「敵方のロミオに恋するなんて、何ということだろう」とでもなる状況である。これでは何のドラマにもならない。「ああ、ロミオ、ロミオ、どうしてあなたはロミオなの」となって初めてドラマチックな魅力が湧いてくる。この心地良さがシェイクスピア作品には備わることになった。

語り手の気持ちが喜怒哀楽で高揚した場面や、緊張感を伴う場面などには無韻詩が用いられた。いわゆる聴かせどころである。さらに適所に散文を混ぜていく。無韻詩で高まったその場の空気を、散文で和らげ、観客をほっとさせる。韻文と散文の対比から新しい劇的効果も生ずる。文章上の技法への挑戦は、習作期のシェイクスピアの大きな特徴の一つであった。

だが決して初期に身につけた技法だけでシェイクスピアが終生を通したわけではなかった。後に『リア王』を書いた時、彼は短い一文を主人公に語らせた。「頼む。このボタンを外してくれないか」である。この文はわずか五つだけの単語で出来ていながら、少なくとも三つの意味を汲み取ることが出来る。実際に服のボタンを外すという意味。現世の虚栄の象徴である衣服を脱ぎ捨てるという意味。そして、この世の苦悩を脱ぎ去りたい、死にたいという主人公の悲痛な希望を含んだ意味である。登場人物の性格や、状況に応じた柔軟な生きた言葉を書く手腕を、彼は長年の制作人生の中で身につけていった。

優れた詩とはどういうものであろうか。簡潔な言葉が幾つもの含みを持っている。言葉から様々なイメージが広がる。たしかにそのとおりだと読み手に納得させる。しかも解釈の自由を妨げることがない。そういう詩があれば、それは優れた詩とされるであろう。シェイクスピアはそのような作品を書いた。彼の劇作品はその点、劇でありながら同時に詩にもなっている。劇詩である。つまりシェイクスピアは、詩人だったのであり、彼が詩聖と言われるわけも、作品の尽きない深さのわけもそこにある。

『ヘンリー六世』

彼が初めて制作した作品は、『ヘンリー六世』であろうと言われている。作品の題名となった国王は実在の人物で、一五世紀の半ばに四〇年近くイングランドの国王位にあった。シェイクスピアからはおよそ一〇〇年昔の人物である。この人の治世は英国史の中でも動乱期で、国内の争いばかりか、隣国フランス王国とも戦争の多い時代であった。その時期、フランスに登場したのが、ジャンヌ゠ダルクである。

シェイクスピアは第一部から第三部までの各作品を制作し、全体でヘンリー六世の即位から暗殺までの一時代が完結する歴史劇として構成した。部分的には他の劇作家の筆が加わっているらしい箇所もあるが、大部分はシェイクスピアの作である。制作は一五九〇年前後であったらしい。一五九二年の三月にローズ座で上演された同名の劇は、彼の作品であったと思われる。

シェイクスピアがこの時期に歴史劇に取り組んだのには理由があった。当時、イングランドはヨーロッパ大陸の外れにぽつんと浮かぶ一小国にすぎなかった。歴代の国王は国内問題をさまざまに抱えながらも、何とか大陸の諸列強の中でバランスを取りつつ政治の舵《かじ》取りをしてきた。エリザベス女王の治世に入ってからは、政情は安定していたが、それでも治世の初期から王国が繁栄していたわけではない。

そのイングランドが一五八八年に屈強と言われたスペインの無敵艦隊を破る。海上を制覇していた強国の艦隊を打ち負かしたのであるから、国民にとっては一大事であった。当然のことながら、

スペイン無敵艦隊の敗北（ロンドン，薬剤師会蔵の古図）

国民は意気高揚する。誰もが国の発展に期待を寄せるようになる。勢いに乗った王国は、フランスにも出兵する。シェイクスピアがこの作品を執筆している頃にも、兵隊がフランスへ送り出されて行った。国民の関心が戦争や領土や王冠に向けられていた。シェイクスピアが『ヘンリー六世』を制作したのは、ちょうどこのような世相の中でのことだったのである。フランスとの戦争や王冠をめぐる争いを扱った内容は、社会の趣向と一致していた。

制作にあたりシェイクスピアは、おおむね史実に沿った物語展開にしている。

歴史上のヘンリー六世は、フランスとの間に一四世紀以来続いていた百年戦争を終わらせると、国内では王冠をめぐるばら戦争に見舞われた国王であった。一歳になるかならぬかで即位した王には、政界の苦労が生涯ついて回る。幼く病弱だった国王に代わって国事を掌握した貴族の専横により内政は乱れ、政権抗争はヨーク家とランカスター家の間のばら戦争に発展する。ちょうど戦国時代に下剋上にあったようなもので、王と言っても名ばかりであった。彼は精神錯乱に陥ったりもしている。

各部の物語は次のようになっている。第一部はヘンリー六世の即位からジャンヌ＝ダルクに率いられたフランス軍の優勢、国内の貴族の分裂の模様などを経て、王とフランス＝アンジュー公の娘マーガレットとが婚約するまで。第二部では、ばら戦争が始まる。マーガレットは持参金の領土を持ってこないため、王の叔父グロスター公は憤っている。それを機に王妃マーガレットに味方する貴族たちがグロスター公と対立。王の寵臣サフォックに公は暗殺され、そのサフォックも殺される。一方、勢力を得たヨーク公は公然と王位を狙《ねら》う。国王軍はヨークに破れてしまう。続いて第三部である。白ばら軍のヨーク公やウォリック伯らに対し、赤ばら軍のヘンリー六世は和睦を申し出る。王妃は怒って進軍し、捕らえたヨーク公を殺す。ヨークの息子のエドワードとリチャードは、反撃して勝利を得る。王と王妃は国外へ逃れる。新国王エドワード四世のために、フランス王妃の妹との婚約を整えようと、ウォリックはフランスに赴く。しかしその間にエドワードは勝手に結婚してしまう。怒ったウォリックは宗旨変えして、捕らえられていたヘンリー六世を救出の後に復位させ、再び戦争となる。結局、ウォリックは殺され、ヘンリー六世はロンドン塔に送られる。エドワードは王位を取り戻し、リチャードがヘンリー王を暗殺する。

物語は一大王権抗争の顚末《てんまつ》を描いている。そこには血ぬられた刃、企み、裏切りが満ちている。作者は史実を振り返って、華やかな三権の陰にある悲惨な人間模様を感じ取っている。戦いの最中に、ふと国王は自分の身の上の空《むな》しさを感ずる。

この世にあるのは苦しみと悲しみばかりだ。
ああ神よ、きっと幸せなことだろう
貧しい羊飼いの身でいられたら

若いシェイクスピアがヘンリー六世に題材を採ったのは、世相に合うと考えたからではないとは言い切れない。当時は劇作家にとっては、観客の好評を得ることは、きわめて重要な目標であった。だが、同時に作者のまなざしは、同情を持って悲劇的国王に向けられている。

シェイクスピアがグリーンから攻撃を受けたのは、この作品の成功を妬《ねた》まれてのことと察しがつく。それだけこの作品は人気があったということである。グリーンの攻撃文を出版したチェトルという人物は、その年の暮れに出版した他の本の序文に、シェイクスピアに詫びる言葉を添えている。

一五九二年の三月から六月までの四か月間、ほぼ毎週ローズ座で演じられたのはこの『ヘンリー六世』らしい。さらに翌年、劇場閉鎖という恐慌をロンドン演劇界全体が体験することになる直前まで、人気作品として上演されていたようである。

劇作家の日々

シェイクスピアは一人前の劇作家兼俳優として活動を始めた。ロンドンに来て以来の数年間は、さまざまな形で彼に訓練の機会を与えたであろうと思われる。さしずめ徒弟が修業時代を終えて、一人立ちしたようなものである。彼は俳優として昼間は舞台に立ち、余暇を利用して制作に取り組む。そのような生活をしていたと想像がつく。

シェイクスピアは時代の好みを敏感に感じ取っていた。このことは生涯、彼が持ち続けた特徴であった。どのような話題が適切か。どのようなギャグが時宜に適っているか。観客は上品好みか残酷趣味か。まず世間を踏まえて筆を進めるのであった。その頃の演劇事情に、その理由がある。

ロンドンには次々と専門の劇場が建ち始めていた。シェイクスピアが亡くなった一六一六年には一〇軒にもなっていた。中にはスワン座のように三千人近くも入る劇場もある。全部あわせれば市民の一〇人に一人は同時に芝居を見ていられるだけの客席数であった。

劇場の経営者にとっては、他の同業者に対抗するだけではなく、抜きん出て面白い作品を上演することが経営上の重要事項になる。そして観客動員力のある作品を制作出来ることが、劇作家には重要条件になる。

そのうえロンドンの演劇人は、清教主義的な市政と対抗していかなければならない。芝居の上演は普通、午後の二時か三時から始められていた。ロンドン市民の誰でも自由に観劇できたが、その多勢は職人や徒弟たちである。こういう堅実な勤労をしょって立つ人々が、仕事の合間にやって来る。中には親方の目をかすめて劇場に足を運ぶ者もあったかもしれない。だが、仕事より芝居にうつつを抜かす生活を、思想堅固な市会が好ましく思うはずはない。何かと演劇反対の政策を打ち出してくる。

劇作家としてシェイクスピアも、市会の反演劇的な姿勢に対抗して観客を引き寄せるだけの作品を書かなければならなかった。実力主義の世界である。しかも忙しい仕事だったであろう。劇場では毎日、違う作品が上演され、加えて二週間に一本ぐらいは新作も入る。観客は次々といろいろな作品を観《み》られるが、一座はそれだけの作品を準備しなければならない。他の一座が戦争物で成功すれば、すかさずこちらも、もっと面白い戦争物で打って出る。その間にも新しい趣向の作品を開発できないか、常に心掛ける。間に合わなければ、他の作家の作品に加筆することもあった。そのため一度書かれた作品でも、決して神聖不可侵なものではなく、いつでも誰でも自由に改変したのである。勿論、共作も当たり前のことであった。

シェイクスピア自身、度々、他の作家の作品を基底に自作を書いた。彼は広く古典から同時代に至るまで、多くの作家の作品に改作の可能性を熱心に探し求めた。彼の作品にはどれも種本があると言っても良い。その範囲はギリシア・ローマの神話から、彼を攻撃したグリーンにまで及んでいる。

その頃の印刷物と言えば、本の形態になったものの他にパンフレットと呼ばれるものがあった。多種多様な記事がパンフレットで出版されたが、彼は恐らくこれにも目を通したであろう。制作の素材になりそうなものには、個人的な嗜好《しこう》の偏りなく、常に探求の目を向ける。これもシェイクスピアの特徴の一つである。狭い個人世界にとらわれない、広大な世界観が、そこから作品に投影されるに至った。そこに制作に当たるシェイクスピアの、誠実さと熱意を汲み取ることができる。

マーロウとキッド

シェイクスピアが『ヘンリー六世』や初期の悲劇を制作した陰には、マーロウやキッドの影響があった。ロンドン演劇界はちょうど、悲劇がブームになっていた。そのブームを支えていたのがこの二人であった。当時のイギリス演劇における悲劇は、まだ浅い歴史しか持っていなかった。喜劇的な要素を持つ素朴な作品は中世以来の伝統で民間に定着していたが、その一方で悲劇の分野で本格的なイギリス独自の作品が上演されたのは、ようやく一五六一年になってからのことなのである。それまではセネカの悲劇などが翻訳導入されているだけであった。これがシェイクスピアが生まれる三年前の状況であった。

マーロウとキッドは、演劇として未発達であった新生の悲劇を、文学的高みにまで昇らせる役割を果たした。シェイクスピアは二人の先人と、直接に深い交わりがあったかどうかは分からないが、題材の選び方や文章上の技法などでは学ぶ点が多かった。とりわけシェイクスピアで頂点に至る無韻詩の技法は、二人の先人が用いていたものであった。マーロウは無韻詩の劇的効果に着目し、制作で実践してその技法を発展させたし、キッドも、『スペインの悲劇』をこの技法を用いて制作していた。その作品の対話の部分は、無韻詩によって力強くなっている。『スペインの悲劇』は観客にも好評で、台本は次々と版を重ねた。

マーロウの無韻詩も、さらに円熟してくる。『スペインの悲劇』でキッドが観客の耳を魅了する一方で、マーロウが『フォースタス博士の悲劇』、『マルタ島のユダヤ人』、『エドワード二世』と立て続けに悲劇を成功させる。他の劇作家が彼のことを、「マーロウの力強い文」と言って讃《たた》えるほど優れた無韻詩悲劇であった。

両劇作家のこれらの悲劇は、いずれも今日にまで残る傑作ばかりである。マーロウはシェイクスピアと同年齢であった。彼はケンブリッジ大学に学び、豊かな才能でいち早く演劇界に躍り出た。しかしながら、惜しいことに二九歳の若さでこの世を去っている。酒場での争いがもとで刺し殺されたと言われている。彼が秘かにスパイ活動をしていたという噂もあり、謎めいて華やかな一生であった。キッドもその翌年に亡くなる。作品が反逆的であるという理由で逮捕され、釈放された後も、再び以前の栄光を取り戻すことがなかった。

悲劇作家はこの世を去ったが、観客は数年間のうちに悲劇の楽しみを知った。

悲劇への挑戦

シェイクスピアが初めて制作した悲劇は、『タイタス＝アンドロニカス』であろうと言われている。彼はこの作品で思い切り残酷な復讐《ふくしゅう》悲劇を書いた。

主人公は古代ローマの英雄タイタス＝アンドロニカスである。彼は生涯を祖国の平和のために戦って暮らしてきた。彼の息子たちのほとんどが戦場で命を落としている。物語はそのタイタスが、敵国ゴートの女王タモーラと、彼女の三人の息子を人質《ひとじち》にして帰国する所から始まっている。

この作品の悲劇は、自分の全存在を賭けて祖国ローマに忠誠を尽くし切った武人が、裏切られたうえ虐げられる点にある。主人公タイタスは融通の利かない堅物で一徹な武人である。そのため彼は敵の女王の愁訴にも耳を傾けない。そして憎まれ陥れられる。

タイタスはまず、祖国の皇帝自身に不当に冷遇される。彼が命懸けの戦争の末に捕らえた敵の女王一族は解放され、我が物顔で皇帝に組する。一人娘は敵の王子たちに辱められ、犯人の名を明かさないように、舌と腕を切り落とされる。タイタスの息子も殺される。しかも手首を切って差し出せば息子の命を助けると欺かれた主人公は、自らの手首を切り落とす。作者は筆を緩めず一気に、主人公を悲劇のどん底に突き落としていく。無惨な事件を次々と登場させる物語展開は、主人公が嫌が応でも復讐を果たさずにはいられない、絶望的な状況を観客に納得させていく。

次に主人公の方が繰り広げる復讐劇は、なおさら激しさを増している。タイタスはいわば、いじめられて悲痛な体験をするのだが、彼の復讐は目には目をの苛烈《かれつ》さで、凄惨《せいさん》な趣きを作品に添えている。彼は娘を辱めたゴートの二人の王子を殺して、その肉でパイを焼き、彼らの母親である敵の女王を招いて食べさせる。復讐が済むと彼は、娘を刺し殺し、自らも命を断つ。

近代的な法秩序の行き届いた社会にあっては決して許されない行為も、当時のロンドンの観客の心を捕らえた。キッドの流血残酷悲劇である『スペインの悲劇』が流行していた頃であるから、シェイクスピアもキッドの向こうを張って、ことさら残酷な悲劇を書いたのかもしれない。しかしながら、罪人が四つ裂きや八つ裂きの刑にあったり、人通りの多いロンドン橋に処刑された生首が並べられたりする時代であったから、この作品は時代の風潮にぴったり合致していたのである。当時、『タイタス=アンドロニカス』にまつわる話は人気があり、ローズ座でサセックス伯一座が上演したり、ペンブルック伯一座が演目に加えたりした。この時の作品は、シェイクスピアのものであったかもしれない。シェイクスピアは、この作品で大人気を博することになった。

観客の興味はもっぱら悲惨な物語展開に向けられがちであるが、シェイクスピアはこの作品で、一人の重要な登場人物を描いた。ゴートの女王の愛人として登場するムーア人アーロンである。彼は生来、悪事を生き甲斐とする人物として描かれている。シェイクスピアは主人公の悲劇を深める狂言回しの脇役としてアーロンを配しながら、悪人ではあっても意志的に行動する人物の魅力を描いてみせた。悲劇的状況に追い込まれて残虐な復讐に身を浸す人々の中にあって、アーロンは知能的な悪役の魅力を発揮している。悪事を暴かれ、生き埋めの刑を受ける時も、彼は最後まで、悪人であり続けようとする。

シェイクスピアはその後、生来の悪役たる登場人物像を発展させていく。それは間もなく、『リチャード三世』の主人公で実現し、『オセロ』のイアーゴーや、『リア王』のエドマンドでの傑出した悪役像となっていく。

彼は喜劇の分野にも手を伸ばす。あらゆる種類の演劇が、彼の若々しい制作意欲の対象となっていた。その結実の一つが『間違いつづき』である。

喜劇の制作

『間違いつづき』は全体で一、七〇〇行余り。無韻詩による韻文に、適度に散文の混ざった小型の作品である。作品の規模としては全作品中でも、最も小さい。それでもこの作品は、既にシェイクスピアの喜劇に特徴的ないろいろな点を備えていて、興味深いものとなっている。

この作品の筋にはさまざまな先人の作品が混入されている。中世ロマンスやローマ喜劇や同時代の先輩作家の作品から話の筋を組み合わせて、作者は独自の作品世界を構築している。

物語は、長い放浪の旅の末に衰弱した老人が、頼る者が一人もいない敵地で捕らえられるという悲劇的な話で開始される。この悲劇部が、作品の他の部分を占める喜劇部への案内役を果たし、物語全体が一挙に深い暖かみを備えた喜劇的世界に導かれていくのである。

シラキューズの老商人イージオンは、命の危険も顧みず、行方不明の息子を探してエフェサスにやって来る。彼の息子は生き別れになっている母と兄を求めて、当てのない旅に出たまま帰らないのだった。敵地で捕らえられたイージオンは、一日だけ処刑の猶予を与えられる。身代金を支払ってくれる人物を探すための時間である。

彼が知人一人いない町をさまよう間に、人違いの喜劇が展開される。彼の息子は二人とも、姿形のそっくりな双子であった。今はどちらもエフェサスにいる。そこで次々と混乱が巻き起こる。人違いから起こる混乱の滑稽さを強調するため、シェイクスピアは原典では一組みだった双子の兄弟を二組みにし、イージオンのそれぞれの息子に従う下僕として登場させている。

主従二組みの双子の回りにはさまざまな人物が登場して来るが、これらの人々が皆、気取りのない町人らしい活気を作品に与えている。双子の主人公たちは全員が同じ年齢で、若者であるから、シェイクスピアは彼らをめぐる若い女性も配した。その中でも、双子の息子の兄には、美しいが気の強い女房がいて、彼女の貞淑な妹も加わっての二組みの男女の間違いの可笑《おか》しさは、この作品のロマンチックな笑いの要素となっている。

各場面の至る所に洒落や地口《じぐち》がふんだんに盛り込まれているのも、この作品の特徴になっている。勢いの良い、軽やかな冗談を、羽振りの良い青年やひょうきん者の下僕が次々と語る。彼らはつかみ合ったり、走り回ったりと所作も若々しいから、舞台上の世界もきわめて賑やかに展開されていく。

物語中の事件は、観客の心理を引きつけたまま喜劇的高潮へ速やかに運んでいくが、事態が紛糾して取り返しがつかなくなる寸前で、思わぬ結末が用意されている。

作品全体の枠組みは老イージオンの息子探しの形を取りながら、その細部には、アイデンティティーにかかわる問題が秘かに隠されている。自分と完全に同じ人間が存在するという設定自体が、そのことを物語っている。それでも、この作品が観客に難しい考察を要求することはない。作者の意図は、人間存在の難解で堅苦しい追及にあったのではなかった。そこに描かれているのは、老イージオンにせよ、彼の息子や他の登場人物にせよ、幾多の困難を乗り越えて、ようやく探し求めた家族にめぐり会えたことの暖かみなのである。複雑な人間像や深淵な世界観は見られないかもしれないが、その得難い暖かさの故に、この作品はいつまでも愛されている。

イタリアの影響

　ルネサンス期のイギリスは、イタリアから多くを学んだ。イタリアには、遠くローマ時代から続く文化と伝統があった。人々の目はイタリアに向き、文芸復興華やかなイタリアから、少しでも多くを取り入れようとした。イギリスは国家機構の上では、他のヨーロッパ諸国に先んじて近代国家になったが、文化面では、いち早く進歩したというわけにはいかなかった。ヨーロッパの片隅に位置するイングランド王国の人々にとっては、イタリア的ということが、すなわち最先端の潮流だったのである。

　文学も例外ではなかった。シェイクスピアが初期の創作に励んでいた頃、イングランドの文壇には、十四行詩《ソネット》流行の風が吹きまくっていた。十四行詩というのは、一定の規則に従って行末が押韻した十四行の詩のことである。イタリアでダンテやペトラルカが十四行詩形式で創作していたのを、ワイアットとサリー伯ヘンリ＝ハワードが輸入した。すると、それがすっかり文壇に広まった。最初は、イタリア風の規則のまま韻を踏ませていたのが、次第に工夫される。そして最終的には、イングランド独自の法則で発展していく。拘束の多い難しい詩型が、意欲的な詩人たちの手で、自らのものとして生まれ変わったのである。きわめてたくましい知的吸収力を持った時代であった。シェイクスピア自身も、長大な『十四行詩集《ソネット》』を残している。彼の『十四行詩集』は、英文学史上でも記念すべき作品となっている。

演劇でも、同じように盛んに知識吸収が行われた。セネカの悲劇を翻訳する人もあれば、ローマの喜劇作家を見習おうとする人もあった。シェイクスピアが用いた無韻詩にしても、当時の文学的世相がイタリアに学ぼうという気運に満ちていなければ、とうてい生まれなかった詩型であった。無韻詩自体はサリー伯が考案した形式だったが、その目的は、ローマ詩人ヴェルギリウスの英訳のためだったのである。

衒学《げんがく》的な学者詩人とは程遠いシェイクスピアは、自分から進んで古典の翻訳に携わることはなかった。だが、イギリスールネサンス期の文壇の旺盛《おうせい》な知識欲と創作欲がなかったら、彼の作品は生まれなかったであろうことは、誰もが認めるところである。直接的・間接的に、シェイクスピアはさまざまなイタリアの影響を受けている。

イタリアから流入したものの中には、文学上の技法ばかりでなく、思想もあった。その一つがマキアヴェリズムである。シェイクスピアはこの新しい思想を、作品に取り入れた。

マキアヴェリズムは、中世以来の倫理観に支えられた道徳劇を見慣れた人々にとっては、衝撃的な悪の思想に思えた。この思想が、権力の獲得とその有効な使用のためには、反倫理的な手段の使用もやむを得ないと主張するからである。「悪徳」が「善行」に打ち負かされるような芝居の観客にとっては、文字どおり天地が逆さまになったような、不埒《ふらち》な危険思想である。

しかしながら、悪は魅力的でもある。その結果、おおいに取り上げられ、考察された。シェイクスピアにとってもこの思想が興味を引くものであったことは、想像がつく。目的のためには手段を選ばないマキアヴェリズムの便宜主義は、自らの存在目的を悪の遂行に置いている人物像と通ずるところがあった。悪に喜びを見いだす、強烈な個性を備えた人物像が、そこから生まれる可能性があった。

『タイタス＝アンドロニカス』でアーロンを描いたシェイクスピアは、今度は、「悪党になって、この世のつまらぬ喜びを憎んでやる」と決心した人物を描き上げることになる。『リチャード三世』が、その作品である。

『リチャード三世』の制作

『リチャード三世』は、ヨーク家の三男リチャードが権謀術数を用いて、出世の邪魔になる家族親類をことごとく殺していき、遂に王位を手に入れるが、最後はランカスター家のヘンリー（後のヘンリー七世）に敗れて、自らも死ぬ顛末《てんまつ》を描いている。ヨーク家とランカスター家の登場でわかるように、時代的には、ばら戦争が終結しチューダー王朝が開かれるまでの時期を扱っている。『リチャード三世』自体は王権をめぐるヨーク家内部の争いを描いているが、前作の歴史劇『ヘンリー六世』と歴史的時間が継続していて、内容的には四部作を成している。

シェイクスピアが生きていたエリザベス朝は、チューダー王朝の最後にあたり、王朝を開いたヘンリー七世は、女王の祖父である。シェイクスピアは、統治輝かしい女王の血筋が王座に就いた時代に着目し、実在の国王リチャード三世を個性的な主人公として作り上げていったのである。

シェイクスピアはこの作品で、再び、挫折する国王を描いた。『ヘンリー六世』のヘンリー王はリチャードに暗殺され、そのリチャードはヘンリー七世に敗れて死ぬ。どちらも王冠を奪われ、天寿をまっとうしないでこの世を去った。ただし、ヘンリー六世が歴史に引きずられる王だったのに対し、『リチャード三世』では、自分の方から歴史に挑《いど》んでいく積極的な主人公となっている。それが、この作品の魅力なのである。

主人公になったリチャード三世は、マキアヴェリ的な極悪人というのが、当時の人々の印象の通り相場であった。彼は国王の歴代記などでは必ず取り上げられ、その悪辣《あくらつ》ぶりを暴かれる。体形はゆがみ、人相も悪い。謙虚なふりをしながら、実は傲慢《ごうまん》。政略のためには、殺そうと思っている者にも親し気な態度で、平気で接吻する。歴史書が描くリチャード三世の姿は、おおむねこのようなものであった。人々は彼のことを、自分の目的のために他人を利用し、邪魔になれば敵味方の区別なく殺す偽善者として了解するようになる。

シェイクスピアが描いた主人公も、一般の了解から外れるものではない。彼は幾つかの歴史書を参考に、主人公の人物像を練り上げていった。リチャード三世には、悪辣ではあるが、意志どおりに他人を動かしていくエネルギーがあった。目的のために手段を選ばず突き進むということは、悪の道理に照らして考えるなら、意志的な英雄とも言える。人の目を欺き、頭脳と柔軟な対応力で、結局は環境を自分の方に向けてしまう彼には、劇作家の興味を引く人物像が備わっていると言えるであろう。

作者は、主人公の手段を選ばぬ野心を増幅して描いてみせた。そのため、事件を歴史的事実にとらわれず短期間に並べ、劇的なエピソードを付け加えた。一幕二場などはその一例である。この場面で主人公は、自分が殺したヘンリー六世の義理の娘アンに求婚する。場所は教会へ運ぶヘンリー王の遺体の傍である。アンは義父ばかりか、夫をも主人公に殺されて未亡人となっている女性である。殺人者がいわば被害者に求婚するという状況設定の中で、主人公が憎悪に燃えるアンを強引に口説き落とす顚末は、ヘンリー六世の遺体に象徴される、王座に座る者の命の空しさと合わさって、作品の中でも白眉《はくび》の場面となっている。

ストラットフォードのロイヤル・シェイクスピア劇場に、一九八四年には、この作品を夏のシーズンのレパートリーに加えている。主人公は黒づくめのぴったりとした衣装を着け、屈曲し、ゆがんだ体を松葉杖で支えながらも、逆に、杖を利用して縦横無尽に舞台上を動き回っている。毒蜘蛛《どくぐも》を連想させる演出であった。

シェイクスピアの作品の演出はどのようにも可能である。解釈が自由なのである。だが『リチャード三世』はたいがい、主人公の身体的特徴に注目した演出のことが多い。それは何故であろうか。作品の冒頭で主人公は次のように告白する。

このおれは五体の美しい均整を奪われ、
嘘つきの自然のやつにだまされて
醜くゆがめられ、出来上りもしないのに未熟のまま
中途半端に、この活発な世の中に送り出されたのだ。
そこで足を引きずりぶざまな姿で通り過ぎれば
犬までおれに吠えかかるというわけだ。

これは、次に

おれは決めたぞ。悪党になって、
この世のつまらぬ喜びを憎んでやる。

という気持ちにつながっていく。自らに対する容赦のない認識が、逆に主人公の行動エネルギーになっているのがわかることが、理由の一つである。

けれど身体的ハンディキャップは、その人間の存在の弱さにも一脈通ずるものである。主人公からは陰謀や殺人や野望が生じてくるが、それにもかかわらず観客が彼に一抹《いちまつ》の同情を感ずるのは、この弱さのためであろう。とりわけ、悪辣《あくらつ》を極めた主人公が、敵に追いつめられ、死の間際になって叫ぶ、「馬はどこだ！　馬を！　馬をくれれば王国をやるぞ！」という叫びは、終幕に悲哀を添えて、観客に感動を与えている。

この作品は上演されると非常な成功を収めた。主人公を演じたのは、リチャード＝バーベッジだったらしい。彼は名優アレンに対抗できる唯一の俳優であった。シェイクスピアは彼とは同僚として、深いかかわりを持つことになる。

演ずる国王

リチャード三世は演技する人間として描かれた。偽善的行為にしろ、偽悪的行為にしろ、彼の生存の実体は演技にある。王冠は彼にとっては、策を弄《ろう》して手に入れるものである。そのため彼はさまざまな素振りをする。彼はとうとう王座を手に入れるのであるが、その方法があまりにも非道であったために、彼の演技は嘘と同義のものとして、非難を受けるのである。

しかしながら、嘘を演ずるのは彼に限ったことではない。観客の現実生活の中にも演技はいくらでもある。人間は誰でもより良い存在でありたいと思う。もっと美しくなりたいと思って化粧してみたり、もっと優しくありたいと思って他人に親切を心掛けたりする。だが、こうありたいという姿は、決してその時点のその人間の真の姿ではないことになる。演技は人間の誰もが、日常ごく普通にしていることであるとも言えよう。では人間の真実とはいったい何なのかという大きな問いかけを、シェイクスピアの作品は含んでいるのである。

飛躍から安定へ

エリザベスの時代

当時のイングランド王国が、イギリス史の中でも驚異的な大発展を遂げたことは、前に述べた。それは女王エリザベスの敏腕な政治力に負うところが多い。彼女は聡明で忍耐強く、実に人心の機微を心得た人であった。

エリザベス１世（35歳の時）

彼女はヘンリー八世の娘として生まれながら、幼少の頃から家族愛にはあまり恵まれなかった。優れた政治家であった彼女の父は、同時に暴君的絶対君主であった。当時としては先端的な人文主義的思想を学ぶかと思えば、その一方では、都合の悪い人物を次々と断頭台へ送り込んだ。エリザベスの母も、彼女がまだ満三歳になるかならぬかのうちに、断頭台で首をはねられている。その翌日には新しい女性が父親の妃となり、以後、彼女は親身にかばってくれる家族のない、孤独な生活を送ることになる。

しかも間もなく議会は、彼女を姉と共に王位継承権から遠ざける決定をする。それに続いて追い打ちをかけるように、三番目の妃が男子を生むのである。ヘンリー八世は少し前には、彼女を非常に可愛がっていたと言われているが、それも長続きするものではなかった。結局、王位を継いだのは、弟のエドワード六世、姉のメアリー女王、そしてエリザベスの順であった。

彼女の二人の姉弟は、どちらも彼女とは違う母親から生まれている。これも少女時代の彼女を見舞った不幸の原因となった。彼女は実の姉弟から幾度となく、政権転覆のあらぬ疑いをかけられている。とりわけ姉が王位にあった時代には、ある反逆事件に加担した嫌疑で、ロンドン塔に送られ二か月間、拘留されている。シェイクスピアは『リチャード三世』で、主人公が甥の王子たちに「ロンドン塔に御滞在になるのがよろしいかと思います」と、優しく誘いかける場面を挿入した。その塔で王子たちは秘かに殺されてしまうのである。ロンドン塔は牢獄だったわけではない。本来は宮殿と城塞《じょうさい》・牢獄・宝庫など、多様な機能を兼ね備えた場所であった。しかし、この時ばかりは彼女の命も風前の灯《ともしび》となった。

運命の変転を体験するのは、シェイクスピアの作品ばかりでなく、エリザベス朝の文学作品に特徴的なことであった。激しい運命の変化が起こり得る時代柄であった。王位につながる者といっても安穏にはしていられない。彼女自身はその一例であった。

彼女は二五歳で思いがけず王位に着く。命懸けの局面を、注意深い人間観察と慎重な言動で乗り切ってきた彼女は、若い未婚女性ながらも、既に場数を踏んだかけひき上手な政治家であった。彼女が受けた教育は超一流の師たちによる、当代切っての教育であった。言葉にも堪能《たんのう》で、フランス語・イタリア語・ラテン語を自由に使いこなし、ギリシア語にも通じていた。国民の中でも最高の部類の知識を備えていたことになる。知識と経験、それに一生独身で通すといういさぎよい決心。彼女はこれらをもって、廷臣を巧みに人心操縦し諸外国への柔軟で、したたかな政策を進めていった。

英語の辞書を引くとYour Majestyという言葉がある。訳せば「女王陛下」や「国王陛下」を意味する言葉で、統治者に対して使われる。日本語に訳してしまうと何の変てつもない呼称になってしまうが、実はMajestyはきわめて強大な存在にしか元来は用いない言葉なのである。つまり本来はキリスト教徒が神の絶対力について、畏敬の念を込めて使うものであった。それをヘンリー八世が王への呼称として徐々に宮廷で使い始めた。エリザベス女王も臣下に折に触れ、この尊称で自分を呼ばせている。王は絶対的に畏敬すべき存在であるという思いが、この言葉から連想されることを、彼女はよく心得ていた。そして勿論、「女王陛下」に恭順を装いながら反逆する者には、容赦なく断頭台が待ち受けていた。彼女はマキァヴェリストであったのである。このことは多くの研究者の認めるところとなっている。

シェイクスピアが暮らしていたロンドンは、彼女の統治下で町の規模も、富も、さらには市民独自の兵力も増大しつつあった。国内の他の地域からばかりか、海外から訪れる人々も多い。流入人口は、ますます増える一方であった。まるで王国の中に一国を成すような勢いである。この都市の活力がシェイクスピアの演劇のエネルギー源であった。そしてさらにシェイクスピアに幸福なことが一つあった。強大な勢力になろうとするロンドン市会の清教主義への対抗策として、女王は市会の反対をよそに演劇を保護奨励したのであった。

エリザベス女王は芝居好きで知られている。演劇奨励は彼女の楽しみのためでもあったが、彼女の政治センスがなければ、シェイクスピアの作品も、エリザベス朝の豊かな戯曲群も生まれることがなかったのかもしれない。

人気作家

初期の作品は成功続きであった。人気の高い話はどこの一座でも上演しようとするので、改作されながら他の劇団でも演目に加えられることになる。初期の作品群の中でも『タイタス＝アンドロニカス』や『ヘンリー六世』は、このような事情があったらしい。劇団の幾つかが同名の作品を上演している。これらの演目は、シェイクスピアの作品であったかもしれない。何らかの事情で台本が他の一座に渡ることもあったから、彼の名は、優れた台本書きとして演劇界に広まったであろう。劇作家としては好調なスタートを切ったと言えるかもしれない。

この頃、彼の作品と思われる演目を上演していたのは、サセックス伯一座、ペンブルック伯一座などの劇団であった。

ストラットフォードでは依然として、父は財政上の窮地を抜け出してはいなかった。だが、シェイクスピア自身は、一人前の俳優で、しかも人気の高い青年劇作家であった。彼はペンの先から自らの将来を開くことができるようになっていた。

演劇界を襲うペスト

一五九二年から九四年にかけての二年ばかりは、シェイクスピアにとって危機的転換点となった時期であった。ペストが発生し、劇場が閉鎖されたのである。一五九二年の夏に発生したペストは、最盛期には一週間に千人から二千人の死亡者を出している。最初の約一年半の間に、おおまかな計算でもおよそ二万人の市民が命を落としている。一〇人に一人が犠牲になっていた。

ロンドンには人口が過密で住宅が密集した地域も多い。そこでは道端の溝は汚泥でつまり、通路にはごみが異臭を放っていたというから、人々の生活は不潔きわまりない。伝染病はたちまち広がる環境であった。

劇場に人々が集まれば感染を広める恐れがあった。ロンドン市会は演劇に対する敵視を一層強めた。宮廷もペストを避けて、王宮を転々とする。さすがに女王も劇場閉鎖に同意せざるを得なくなる。一五九三年に入ると間もなく、枢密院がとうとう劇場閉鎖令を布告する。これによって、いかなる劇団もロンドン市内はもとより、周辺でも上演活動は出来なくなってしまった。しかもペストはなかなか衰える兆しを見せない。どこの一座でも俳優がこの時期を生き延びるには、儲《もうけ》の見込みの少ない旅回りに出るしかなかった。ロンドンで活躍した劇団がこうして、地方へ姿を消していったと想像される。

このことは、ロンドン演劇界が壊滅的な打撃を受けたことを意味している。ロンドンを離れれば、俳優たちはペストの被害を受けずにすむかもしれない。その反面、彼らはきわめて貧しい生活を強いられることになる。病気で命を落とすことはなくても、どこの一座にとっても大きな痛手であったであろう。

シェイクスピアは、この間どうしていたのであろうか。あるいはペストを避けて、一時的にストラットフォードに帰郷したかもしれない。ペストの大流行とそれに伴う劇場閉鎖は演劇人としてのシェイクスピアの生活にとっては、大きな打撃である。

それにもかかわらず、彼はこの暗い時期を自らの創作を磨いて過ごした。物語詩の制作が、彼の取り組んだ仕事であった。マーロウも物語詩『ヒアローとレアンダー』を書き、物語詩はこの頃、一つの流行になりつつあった。シェイクスピアは当時の慣例に従って、制作した作品を貴族に捧《ささ》げた。パトロンになってもらうのである。パトロン探しが生活上、必要であった側面も全面的には否定できない。彼は、詩作品を創作することで新たな社会的地歩を獲得すると同時に、その後の劇作品にも新しい味わいを加えることになったのである。

パトロン探し

社会的名誉が一人の人間の人生行路を有利にすることは、よくあることである。シェイクスピアにとっては、詩を書いてパトロンの寵愛《ちょうあい》を得ることは、社会生活上、非常に大きな意味を持つことであった。文学的創作に携わる人々は、すべからく「詩人」と考えられた時代であったから、その意味ではシェイクスピアも詩人であった。とは言いながらも、劇作家は所詮、俳優の仲間であり、俳優はいつ浮浪者になるかわからない人々であった。いくら劇作家として名を上げても、猥雑な巷の住人であった。そこで貴族と近づきになろうとするのである。

パトロン探しは当時の作家が競って行ったことであった。文芸に理解を示す貴族のもとには、何人もの物書きが作品を捧げる。詩の創作者ならば貴族の美貌や知性を讃《たた》える詩を書いて献呈する。その当時は、神話や伝説が題材の物語詩が流行していたから、神々の愛の世界に場面を置いて、貴族を主人公にたとえたりする。気に入られれば、庇護《ひご》を受けられるのである。シェイクスピアも例外ではなかった。

彼が創作した作品は、物語詩の『ヴィーナスとアドニス』（一五九三年出版）と『ルクリース凌《りょう》辱《じょく》』（一五九四年出版）であった。どちらもサザンプトン伯ヘンリー＝リズリーに捧げられている。作家や学者に理解の深い、若い貴公子であった。

両作品の冒頭にシェイクスピアは伯爵への献辞を書き添えた。『ヴィーナスとアドニス』に付けられた言葉は、もし伯爵が気に入って下されば、また作品を作る努力をしましょうと言っている。謙虚で自信も持っている言葉であった。

作品の内容は愛と美の女神ヴィーナスと、彼女の愛人アドニスとの恋物語を描いた神話に因《ちな》んだものとなっている。女神に愛されるアドニスのイメージを伯爵に重ねたものと言えよう。

若いアドニスは狩りを好み、猪《いのしし》狩りに出ようとする。彼を恋するヴィーナスは、彼を引き止め心を得ようとするが、思うようにならない。狩りに出たアドニスは猪のため命を落とす。彼の猟犬の声に不安にかられた女神は、恋人の死を知って悲嘆にくれていると、彼が流した血からアネモネの花が咲き出る。

この内容が各節六行で、全体が一、一九四行から成る、技巧的な押韻詩の形式で語られた。

サザンプトン伯はちょうど成人に達しようという青年であった。リズリー家は良い家柄で、彼の祖父はヘンリー八世の時代には宮廷の要人であった。一方、彼の父親は政治的不遇をかこった人であったが、息子の伯爵自身は宮廷での女王の覚えもめでたい。輝かしい将来のある貴公子であった。

その上、伯爵は端麗な容姿を持ち、一六歳でケンブリッジ大学を文学修士として卒業した教養人でもあった。

『ヴィーナス』は伯爵の気に入ったのであろうか。作者が献辞で約束した二つ目の作品が、翌年には出版されることになった。これが『ルクリース凌辱』である。全体が一、八五五行。一節が七行で押韻はライム-ロイヤルという形式の作品であった。

献辞が再び付けられた。作者が伯爵に対して抱く愛情は測り難く、伯爵に捧げる作品は作者の愛の一部が溢《あふ》れ出たものにすぎないという内容であった。

二つの物語詩はシェイクスピアにとってどのような意味があったのであろうか。それには大別して三つのことが考えられる。まず初めは、どうやら伯爵の眷顧《けんこ》によって、宮廷とのかかわりを持つようになったらしいこと。『ルクリース』出版の一五九四年のクリスマスには、彼は俳優仲間と共に、勅命を受けて王宮で御前公演を行っている。

次の意味として考えられるのは、詩人として読書の世界に入ったこと。どちらの作品も非常な大好評で、次々と版を重ねた。『ヴィーナス』は一六四〇年までに少なくとも一五回は重版されたし、『ルクリース』も七回重版されている。当時としては異例

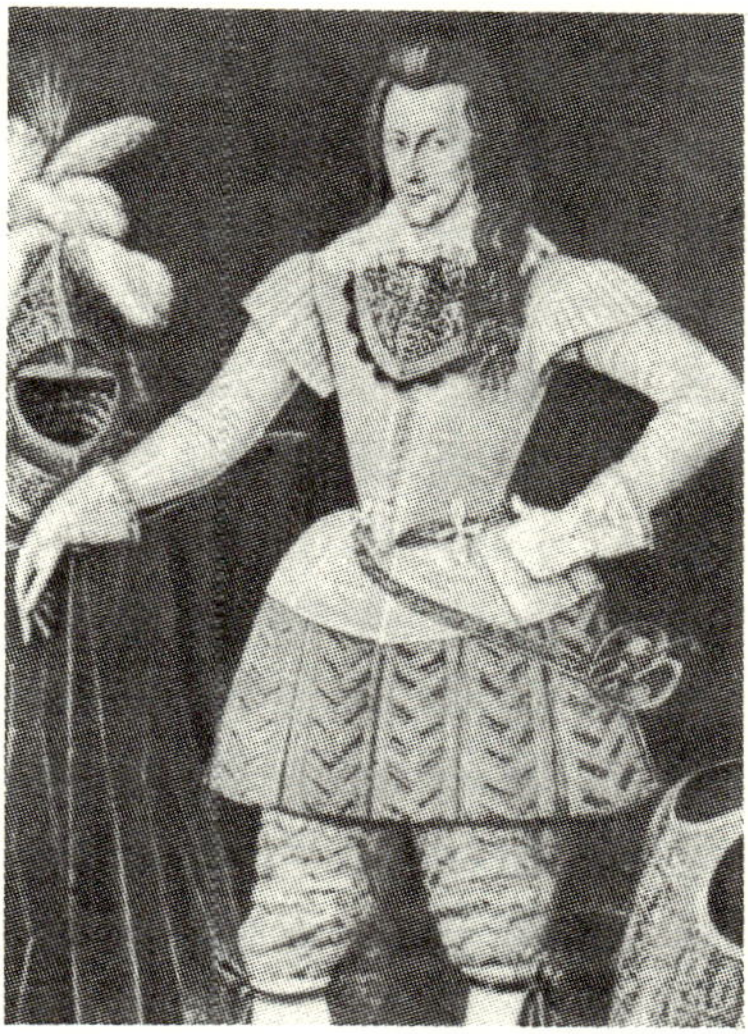
サザンプトン伯ヘンリー=リズリー

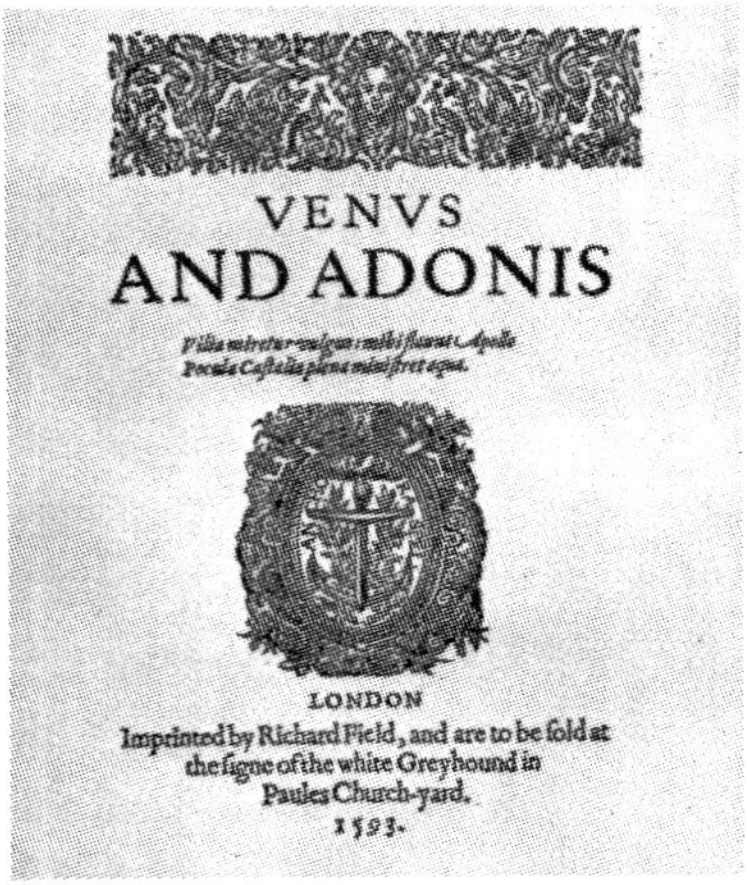

最初の出版となった
「ヴィーナスとアドニス」

なことであった。このことは、長い間、読まれ続ける詩作品になったことを意味している。当時の一回の印刷部数は明確には分かっていない。だが、一五八六年には印刷部数は最高一、二五〇部と決めた取り決めがあった。仮にこの部数が印刷されたとすると、両作品を合わせて約三万部。その全部が仮にロンドンで売れたとすると、流布度も、およそ七人に一人の家の本棚にシェイクスピアの詩作品が並んでいたことになる。一六四〇年と言えばシェイクスピアは既にこの世にはなかったが、彼の他界後間もない一六二〇年まででも『ヴィーナス』などは一二回は重版されているから、どれほど多くの読者を得る可能性があったかは想像がつく。つまり、長い期間、多くの人に読まれたらしいのである。『ヴィーナス』への賛辞は、後にケンブリッジ大学の学生の素人芝居『パルナッソスからの帰還』の中にも、書き込まれた。

最後に考えられるのは、この頃から後の劇作品に抒情味が加わったことである。彼はこの頃、『ロミオとジュリエット』や『夏の夜の夢』などの作品を制作する。これらは恋愛の、美しい抒情性をたたえた作品群となった。新しい創作上の飛躍が始まろうとしていたのである。

『ヴィーナス』も『ルクリース』も美しい本として仕上がった。印刷したのは同郷のリチャード＝

フィールドであった。高名な出版業者のもとで修業を積んだ彼は、今ではロンドンでも指折りの印刷出版業者であった。誤字誤植の多い印刷事情の中で、両作品の高度な正確さが作者の意気込みを感じさせる。シェイクスピアはあるいは、シティーのブラックフライアーズにあるフィールドの店に足を運んで、自ら丁寧に校正や指示をしたのかもしれない。

出来上がった両作品は、ローマ詩人オーヴィドに習った物語詩流行のはしりとなった。

豊かな文学世界

シェイクスピアは、三〇歳になろうとする若い時代に物語詩を書いた。作品にはみずみずしく官能的な場面が溢《あふ》れている。アドニスが恋しくて何とか接吻を取りつけたいヴィーナス。女神の望みを了解するものの、途中で唇をそむけてしまう青年。ここには男女の微妙で濃密な心のやりとりが描かれている。それは人間の心の機微を緻密《ちみつ》に追及しては描く作業である。シェイクスピアはもはや、タイタスの復讐やリチャード三世の策謀だけにとどまる詩人ではなかった。

官能は生命の衝動に満ちた強い情熱である。いつ襲いかかるかわからない死に怯《おび》える人々にとっては、一層魅力的な慰めであったかもしれない。二つの詩作品がどちらも版を重ねた事実が、当時の嗜好《しこう》を示していると言えるであろう。

シェイクスピアが物語詩を創作していた頃、長大な叙事詩の作成に励む詩人もいた。スペンサーである。彼がこの時に書いた『妖精の女王』は、英文学史上の金字塔となる叙事詩である。宮廷人だった彼は、女王を讃《たた》えようという意図のもとに創作した。アーサー王物語の十二騎士になぞらえて、神聖、貞淑、友情など一二の徳を寓意《ぐうい》的に描いた作品であった。

『妖精の女王』は文学的特徴においても、作者のありようにおいても、シェイクスピアの対極に位置している。スペンサーはイデアリスト。シェイクスピアはリアリストであった。スペンサーは人間のあるべき姿を描こうとしたのに対し、シェイクスピアは、人間の存在の諸層をありのままに描こうとした。スペンサーは宮廷人。一方、シェイクスピアは、細い路地や汚れた家屋が並ぶ、町の人間であった。スペンサーはその理想主義的特徴で受け入れられたのであるが、シェイクスピアの詩作品は、人間の生身《なまみ》の感覚と共鳴する作品として、熱い歓迎を受けたのである。それはイデアリズムとリアリズムという、対極的な二物を同時に内包し得る、底の深い受容力を持った時代だったからこそ、受けることのできた歓迎であったと言えるであろう。

宮内大臣一座

一五九四年に入るとペストはようやく下火になり始める。劇場も再開の見通しが立つ。閉鎖期間は結局、一年あまりにも及んでいた。公演収入をたよりに生計を立てていた俳優一座にとっては、決定的な痛手の期間である。劇場再開とともに、ようやくシェイクスピアにも、再び自作の上演の機会が訪れる。

しかしながら閉鎖期間は、シェイクスピアにとっては、創作上、社会生活上、大きな飛躍の機会になったものの、ロンドン演劇界にとっては壊滅的な打撃の時期だったのである。だいいち、劇団自体が弱体化している。羽振りの良かった劇団も地方巡業の間に二流になったり、消滅してしまったりした。シェイクスピア作らしい『タイタス＝アンドロニカス』や『ヘンリー六世』を上演したペンブルック伯一座は、深刻な財政危機にみまわれたというし、一流だった女王陛下一座はこの年は何とかロンドン公演をしたものの、その後は台本を売って、地方回りをする一座に落ちぶれてしまった。それにこの難関を乗り切るだけの良質台本を書ける劇作家も、当面、人材不足であった。次の世代への転換期でありながら、若手の劇作家はまだ育ち切っていなかった。

シェイクスピアはこのような状況の中で、新たに宮内大臣一座に加わることになる。そこでは彼は、俳優であり、座付き作者であり、劇場経営者であった。つまり演劇に関係する仕事のすべてをこなすことになったのである。

宮内大臣一座は一五九四年の春から夏にかけての時期に、新たに結成されたらしい。後には国王をパトロンに持って、一六四二年の清教徒による劇場の一斉閉鎖に至るまで活動を続ける。その半世紀ほどの活動期間中、この一座は常に新しい演劇潮流に敏感であり続けた。この後、ロンドン演劇界の先導的立場に立つようになるのも、この一座である。シェイクスピアはこの一座に、結成期かその後間もなく、参加したらしい。

一座のパトロンの宮内大臣は初代ハンズドン卿ヘンリー＝ケアリーという人で、俳優の擁護者であった。ロンドン当局の反演劇的な方針に対しても、彼は俳優の味方に立っていた。宮内大臣という職務が、女王の旅行や衣装を取りしきるほか、余興についての責任者でもあったから、このことも一座には幸運なことであった。清教的社会背景に加えて、ペストで疲弊した俳優一座にとっては、まさに千載一遇の好パトロンとの出会いと言えるであろう。先に述べたシェイクスピアの御前公演は、宮内大臣やサザンプトン伯との面識がもたらした招聘《しょうへい》であったと、十分考えられる。王室の会計簿にはこの時、一緒に演じたリチャード＝バーベッジとウィリアム＝ケンプの名と共に、俳優シェイクスピアの名が記されている。バーベッジは当代一流の悲劇俳優。ケンプも人気の高い喜劇役者で、二人とも一座の仲間であった。

宮内大臣一座に加わって、劇作家としてのシェイクスピアにとってきわめて重要だったことは、座付き作者としての活動が開始されたという点にある。一座の専属の劇作家になって創作するということは、作品の上演場所が確保されるということを意味している。作品を売り歩かなければならない他の劇作家と比べたら、雲泥の差の環境である。

創作家として恵まれていたのは、それに限ったことではなかった。彼は作品を体現する俳優にも恵まれていた。バーベッジやケンプがその人たちである。座付き作者ともなれば、劇作家は自然と、一座の俳優の持ち味や技量に合わせて面白い作品を書こうとする。彼の制作の良し悪しによっては、一座の立ち行きにもかかわりかねない。実に重要な仕事である。シェイクスピアは、一座の俳優に適《かな》った見せ場を盛り込み、活気に満ちた舞台を展開していった。その背景には、彼の高度な要求に十分応える力量を備えた俳優がいたのである。

人間の生活は、一口に悲劇とか喜劇とか言い切れるものではない。同じ一つの出来事に表も裏もある。シェイクスピアは、そのような人間生活の模様を作品に盛り込もうとした人であった。彼は喜劇の中にバーベッジの役を加えることで、作品を単に笑劇に終わらせない工夫をし、悲劇にケンプを登場させて喜劇的きらめきを添えた。こうして一座の現状に即しながらも、深い味わいをたたえた作品群が生み出されることになった。

宮内大臣一座と海軍大臣一座

宮内大臣一座は、ジェイムズ＝バーベッジのシアター座を本拠に上演活動を開始する。シェイクスピアはシアター座の近くに住んで、座員としての生活に本腰を入れる。ロンドンの北側に、これで一つ、演劇の拠点ができた。

ペスト流行後の荒廃の中から、いち早く復活した劇団がもう一つあった。エドワード＝アレンを看板俳優に立てた海軍大臣一座である。この一座はシェイクスピアの一座にとって、その後、長く競争相手となる。二つの劇団のいきさつを、ここで述べておくことにする。

アレンと海軍大臣一座は、もともとバーベッジ親子とあまりそりが合うとは言えなかったらしい。

その数年ほど前に、アレンと一座はストレンジ卿一座の数人と共に、シアター座で上演していた。ところがアレンらと小屋主のバーベッジの間に争いが起こる。問題は金銭上のことだったらしいが、結果としてアレンらの一行がシアター座を引き揚げ、テムズ川南岸のローズ座に移動した。ローズ座はもちろんシアター座の商売上のライバルである。アレンはローズ座に移ると、経営者のヘンズロウの義理の娘と結婚する。アレンとヘンズロウは義理の間柄ながらも、こうして親子関係の絆《きずな》で結ばれて、演劇ビジネスの経営上のパートナーとなり、バーベッジ一家を脅かす存在となる。しかも宮内大臣一座結成にあたって集まった俳優たちの何人かは、アレンと一緒に舞台に立ったストレンジ卿一座のメンバーだったり、アレンに近い人々だったという事情があった。つまりアレンと別れた俳優が宮内大臣一座の結成に加わったわけである。

シェイクスピアは、劇場再開期のロンドンでは、好評を得る台本を書ける劇作家として、貴重な存在であった。この時期はどこの一座にとっても、まず観客を呼んで成功することが第一の目標であったことは、容易に想像がつく。そのシェイクスピアは、宮内大臣一座に組している。対抗劇団としては善後策を練らなければならない。当面の間、海軍大臣一座は、レパートリーのマーロウの作品を上演し、その間に新しい台本の入手を試みる。その陰にヘンズロウの敏腕があったことは疑いがない。彼が残した日記には、経営上の細かな事項が丹念に記されている。この頃、女王陛下一座から台本を買い取ったのもこの人であった。シェイクスピアに対抗する作品を求めて、彼は若手の劇作家と契約する。結果的には、その中から次の時代の劇作家が誕生することになったのである。ジェイムズ＝バーベッジとヘンズロウは劇場経営上のライバル。リチャード＝バーベッジとアレンは演技上のライバル。親子二代にわたるライバルどうしに加えて、宮内大臣一座と海軍大臣一座は、それぞれシティーの北と南の劇場を拠点に対峙《たいじ》し合う間柄であった。

ロンドン演劇界では全体的な復興とともに、他の劇団も活動を始める。けれどその後も、宮内大臣一座にとってアレンと海軍大臣一座は、いつも意識の内にある人々だったと思われる。つまり良かれ悪しかれ、気になる連中である。シェイクスピアは何度か、ライバル劇団について暗示的に言及している。

ハムレット 「……どんな役者たちなんだ？」

ローゼンクランツ 「殿下がよく好んでお楽しみになられた一同で、都の悲劇役者です。」

彼の言葉は、マーロウ悲劇の役者たちであったアレンらを指していると思われる。

この言葉はむしろ穏やかで淡々としているが、『ハムレット』の後の場面では、ハムレットが悲劇役者たちを相手に、演技はいかに自然に照らしたものでなければいけないかを説く場面が盛り込まれた。シェイクスピアは、アレンや海軍大臣一座の大仰《おおぎょう》な演技に批判的だったと考える研究者もある。しかしながら、マーロウの悲劇が、声高な演技を必要とする作品であったのも事実であるから、一概にアレン批判もできない。アレンは少なくとも、作品の本質に対しては自然であったということかもしれない。

自然に対して鏡を当てるような作品を制作しようと、シェイクスピアが思っていたらしいことは、彼の作品に現れた人間存在の迫真の諸相を見れば納得できる。

宮内大臣一座への参加とともに、彼の制作は一層、盛んになる。『ロミオとジュリエット』、『夏の夜の夢』、『リチャード二世』、『ジョン王』、『ヴェニスの商人』などの作品が、この頃、生み出される。いずれも観客の心の琴線《きんせん》に触れる作品であった。

『ロミオとジュリエット』　この作品は制作当時はもとより、以来四〇〇年の間、シェイクスピアの作品の中でも、世界各国でもっとも人気の高い作品の一つとなっている。日本も例外ではなく、一八八六（明治一九）年に河島敬蔵の初めての完訳が公刊されて以来、その上演回数はきわめて多い。原作を知らない人でも、ロミオやジュリエットの名は何となく知っている、そのような作品である。

この作品に感動を感ずるのは、一般の読者や観客ばかりではなかった。多くの芸術家たちが、この作品から影響を受けている。その結果、幾つかのオペラや交響曲の他にも、この作品に習った文芸作品が生み出されている。主人公たちの恋愛は、芸術上の一つのモチーフとなって、他の創作に

刺されるロミオの親友マキューシオ（左）
（パリ-オペラ座バレエ団日本公演『ロミオとジュリエット』より）

受け継がれることになったのである。それは幾千とある恋愛悲劇作品の中でも、この作品が人間の恋愛の、根源的で純粋な姿を描き切っているからにほかならない。

もともとこの話は、さまざまな人の作品となっていたが、シェイクスピアは三〇年ほど前に既に出版されていた、ブルック作の『ロメウスとジュリエットの悲劇物語』をもとに制作を行った。もともとブルックの作品には倫理道徳上の目的があって、年長者の意見に従わない、奔放な若者の行動は不幸を招くということを語ろうとしている。シェイクスピアは、話の筋はほとんどブルックから借りながら、原典の説教性を除き、恋愛に殉ずる若者の姿そのものを描こうとした。ジュリエットの年齢も原典より若くされ、一四歳ということになっている。

作品の舞台はイタリアである。作者は恐らくイタリアを訪れたことはなかったであろう。国外へ行った経験があるかどうかも疑わしい。だが、この作品ではヴェローナとマンチュアが舞台となり、作品世界の持つ激しさと、イタリアの風土の開放性が不思議に呼応している。

主人公のロミオとジュリエットは、それぞれヴェローナの名門モンタギュー家とキャピュレット家の跡取りである。仮面舞踏会で知り合った二人は、お互いに誰なのかも知らずに、深く恋し合うようになる。だが、両家はかねてからの仇敵《きゅうてき》どうしの間柄。町で両家の一党が出会えば、必ず剣を抜いての争いになる。憎しみは深い。愛し合う二人は修道僧ロレンスの助力を得て、秘かに結婚する。ロレンスはこの結婚が、両家の和解をもたらすと信じて、二人を助けるのである。一方、町では再び両家の若者が衝突する。ロミオの親友マキューシオがこの争いで刺殺される。争いを止めようとしていたロミオは衝撃を受け、思わず相手のティボルトを殺してしまう。彼はジュリエットの従兄であった。彼女は深く悲しむ。しかし彼女の悲しみは、夫のロミオがヴェローナ追放の罰を受けたため、一層深いものになっている。二人は秘かに新婚の一夜を過ごし、ロミオは翌朝、夜明けとともにマンチュアへと旅立つ。ジュリエットの悲しみの本当の理由を知らない両親は、彼女とパリス伯との結婚を強引に取り決めてしまう。窮地に陥った彼女は、ロレンスにもらった秘薬を飲んで、仮死状態になる。彼女が死者として霊廟に安置されている間に、ロミオと会わせようというのが、ロレンスの計画であった。ところが事情を書いた手紙は、ロミオの手にうまく届かなかった。ジュリエットが本当に死んでしまったと思ったロミオは、霊廟に駆け付け、ちょうど来合わせていたパリスを刺すと、自らも毒をあおって死ぬ。ジュリエットはその直後に目をさます。事の真相に気付いた彼女は絶望し、ロミオの短剣で胸をつくと、彼の傍で息断える。憎み合った両家は、二人の死の後、ようやく和解に至る。

事件は発端から主人公たちの死まで、わずか数日間の出来事で、短い時間内にまっしぐらな恋の情熱が凝縮されている。

抒情悲劇であると同時に、この作品は運命の悲劇であるとも言われる。主人公たちは、宿命に逆らって愛情をまっとうしようとする恋人である。彼らを取り囲んでいる人物たちは、必ずしも彼らと同様に純粋な人々とは限らない。両家の争い自体が世俗的な事柄であるし、ジュリエットの乳母に至っては、彼女の秘密結婚に手を貸しながら、事情が変われば、パリス伯との結婚も勧める妥算も備えている。純粋さと現実性。この両方の要素が作品の奥行きとなっている。そして彼らの心情とは相容れない背景の中に置かれているからこそ、彼らの純粋さはきらめきを放っている。

私の敵となっているのは、それはあなたの名前だけ、
モンタギューでなくても、あなたに何の変わりもない。
モンタギューって何かしら？　手でもなければ足でもない、
腕でも顔でも、人間のどこでもない、
ああ、他のお名前でいらして！
名前にいったい何があるの？　バラと呼んでいる花を、

他の名前で呼んだとしてもやっぱり甘くかおるもの、
だからロミオと呼ばれなくても、
あの美しいお姿は、名前なしでも
そのままでしょう、ロミオ、その名をお捨てになって！
あなた自身ではないその名のかわりに
どうぞ私を受けとって。

ジュリエットのこの言葉は、主人公たちがお互いに相手の素性を知った直後の場面に挿入された。家柄や名誉や、世俗の価値のすべてを超えた主人公たちのひたむきな心情は、全篇を通じて、観客の心に訴え続けている。

イギリスでは一六四二年から二〇年間ほど劇場という劇場が閉鎖されるということがあった。増大する清教徒勢力が、とうとう清教徒革命により主権を握り、オリヴァー＝クロムウェルのもとに劇場閉鎖令が発布されたのである。シェイクスピアの作品も公式に劇場で上演されることは、いっさい不可能になった。それでもその長い間、国民はこの作品を忘れることがなかった。再び劇場が開かれると間もなく、この作品は上演されている。どのような世相にあっても、この作品は人々が観《み》たいと思う一篇として残り続けている。

『夏の夜の夢』の制作

喜劇『夏の夜の夢』は、一五九四年から九六年の間の時期に制作されたらしい。『ロミオとジュリエット』とは一転して、浪漫的恋愛喜劇である。作品の至るところに人間存在に対する肯定的で、温かな作者の視線が行き届いている。

物語の起こるのは、六月下旬の夏至のころということになっている。作品は美しい夏の宵に見る夢にたとえて、若い男女の恋愛模様を楽しく描いている。原題の「夏の夜」の夏とは、洗礼者ヨハネの祝日を指している。古代ドルイド教以来の古い太陽崇拝の風習によれば、この日は一晩中、篝《かがり》火《び》の周りで踊り明かし、日の出を迎える習慣があった。これは太陽の祭りなのであるが、作品中にも明るい浮き立つような気分が満ちている。作者は細かな自然描写も作品中の適所に盛り込んでいる。豊かな自然のあり様を、シェイクスピアが少年時代からの体験を通してよく知っていたことは言うまでもないが、それがとりわけ人々の心を引いている。特にイギリスの人々にはそうであろう。六月はイギリスの四季を通して、もっとも美しい季節なのである。花が咲き乱れると同時に果実もなる。緑は深まり、木々は枝を広げ、野の鳥がさえずるのが六月である。妖精が一番盛んに活動するのも、この頃だと信じられている。人々の六月への愛情や、民間伝承への信仰が、この作品の背景設定の理由の一つだと思われる。

作品の舞台はアテネで、公爵シーシュースとアマゾンの女王ヒポリタの結婚が行われようとしている。サザンプトン伯や宮内大臣による後援を得たり、女王の御前公演を行ったシェイクスピアは、次第に宮廷への馴染《なじみ》が増えていったらしい。そのうちに貴族から、結婚披露宴のため余興を書いてくれるよう依頼を受け、この作品が制作されたと言われている。制作後一〇年近くを経て、一六〇四年になっても、宮廷で上演された記録が残されているから、貴族や市民を問わず広く観客に好まれ、一座のスタンダードナンバーになったと思われる。

内容はアテネ公爵の結婚を大枠に、宮廷の若い男女二組の恋の騒動が中心になっている。しかしながら場面設定は、ほとんどがアテネ郊外の森で、そのうえ時間は夜中である。二組の青年男女は、相思相愛のライサンダーとハーミア。そしてハーミアを恋するディミートリアスと、彼を慕うヘレナである。頑固な父親にディミートリアスとの結婚を強いられたハーミアは、恋人と森に駆け落ちしてくる。二人を追ってディミートリアスとヘレナもやってくる。森はすっかり夜になり、月の光に誘われて妖精たちが動き出す。妖精の王オベロンは、報われぬヘレナの恋心を惚《ほ》れ薬でかなえてやろうとする。ところが手下のパックが惚れ薬を使った相手は、見当違いのライサンダーであった。状況は一転。ディミートリアスも惚れ薬をつけられて、ヘレナは二人の青年に追いかけ回される身になる。怒ったハーミアはヘレナを追いかけ、青年たちは、剣を抜いての喧嘩になる。一方、もう一組み、森に来ている人々がいる。アテネの職人たちが芝居の練習に来ているのである。パックは人間どもをからかおうと、職人ボトムの頭をロバに変える。そのボトムに妖精の女王は一目惚れ。ボトムはわけのわからぬまま、恋の一夜を過ごすはめになる。やがて夜が明けてくる。夜の森で混乱の一夜を過ごした人々は、すべての問題が解決して、昼間の世界に戻って行く。公爵の結婚披露宴では、二組みの恋人たちも結婚を許され、ボトムらの演ずる余興芝居を楽しむ。再び夜が来ると、妖精たちは宮殿を飛び回り、新床を祝福する。

人は時として闇に対して恐れを抱く。昼間は何とも思わない慣れた道が、夜闇の中で通ると、異質のものに感じられたりする。人知の及ばない不思議が、夜の間に起こる気がする。作品の舞台になった夜の森は、何か不思議なことが起こりそうな闇として、観客のイマジネーションに訴えかける力を備えている。宮廷は儀礼やたてまえが先行する社会である。そこには率直な心情の発露は許されない。一方、この作品の夜の森は逆転の世界になっている。そこでは何でも許される。伸びやかで人間的な豊かさが、そこからこの作品に与えられることになった。

『夏の夜の夢』の面白さ

シェイクスピアはこの作品で、恋に落ちる登場人物たちを、滑稽《こっけい》だが愛すべき人間として描いている。恋人たち自身はとても真面目で、命懸けで恋を守っているのであるが、彼らが入り込んだ森は逆転の世界であるから、観客にはどうしても滑稽に映ってしまう。作者は滑稽さを引き出すために、幾つかの工夫をしているのである。たとえば、当時の美人の典型と言えば、金髪にグレーの目であった。その上、背がすらりとしていれば一層良い。青い目の現代美人とあまり変わりがないようである。作品中で考えればヘレナがこの美人型ということになっている。一方、ハーミアは背が低く、黒髪でずんぐり型である。日本人としてはどことなく親近感のある体型なのだが、とうてい美人の基準には遠い。ヘレナは彼女との喧嘩《けんか》で、憤激のあまり「脚なら私の方が長いわよ！」などと発言する。そもそも作者は、美人のヘレナが少しも愛されずに男を追いかけ、小さなハーミアが立派な貴族青年に恋されるという逆転の状況を設定している。さらに女の身でありながら、ヘレナとハーミアは取っ組み合いの喧嘩もする。これも常識的な淑女の基準からは、当時としては考えられない行為である。二人の青年も滑稽なように描かれている。彼らは恋のために決闘をするのだが、夜闇の中で相手を見つけることも出来ない。最後は疲れ果てて眠ってしまう。ちょうど、我こそはと名乗りを上げた騎士が、美女のために決闘を始めながら、いざとなったら観衆の目前で落馬してしまうようなものである。何とも格好が悪い。だが、その彼らの龍頭蛇尾な様子がほほえましいのである。

恋人ばかりでなく、職人のボトムにしても知らぬ間に逆転の世界に組み込まれている。しがない職人のボトムは、妖精とは言え女王の恋人となり、大切な扱いを受ける。しかし、彼がもてなしを受ける食事は、ロバのかいばで、彼は美味《おい》しそうにそれを食べる。

人間たちにいたずらをした当のパックは、彼らが右往左往するのを見て、おかしそうにこう語る。

何て人間て愚かなんだろう

登場人物たちには、失敗や滑稽さが満ちているが、人間存在自体を、欠点に満ちたユーモラスなものと考える寛容さが、この作品には特徴的となっている。この作品が好まれるのは、それがそのまま観客の共有するところとなっているからではないだろうか。

この作品には筋の構成上、観客をも作品世界の笑いの対象に引き込んでしまうような工夫もなされている。観客は舞台上に展開される登場人物たちの混乱を、今まで大笑いで観てきた。そして終幕は、ボトムたち職人の余興の場面である。彼らが演ずるのは恋愛悲劇のはずなのだが、どう観ても喜劇的な出来栄えにしかなっていない。つまり彼らの芝居は、恋人たちの恋愛のパロディなのである。それを当の恋人たちが、観客として大笑いしながら観ている。恋人たちを笑った観客の姿は、職人の余興を観て笑う恋人たちに投影されていることになる。知らぬ間に、観客自身の姿が作品世界に取り込まれているのである。虚構も観客も一つになった舞台作りであった。

文芸の世界において、虚構と現実にかかわる問題は、常に創作家にとって大きなテーマであった。作品にいかに現実を投影するかということもそうだが、作り物である作品世界を、現実生活にどうすべり込ませるかという問題は、芸術家にとって重要な点である。虚構の作品世界が、観客の実人生と融和すれば、作品は虚構であっても観客に対してダイナミックな意味を持つことになる。シェイクスピア作品の多くが説得力を持つ一つの理由は、このダイナミズムにあるのではないだろうか。

シェイクスピアと名優バーベッジ

劇作家にとって優れた俳優に出会うことは、作品の舞台化においても、創作の進歩においても、質の良し悪しを左右する要《かなめ》である。劇作家がたとえ優れた戯曲を創作しても、それを実践する技量を持った俳優がいなければ、作品の世界は観客に伝わらない。逆に、戯曲のどのような要求や試みにも対応できる俳優がいれば、創作はどんどん作品世界を広げることも可能になる。シェイクスピアにとって、この相乗効果を引き出す相手が、リチャード＝バーベッジだと言われている。

バーベッジは宮内大臣一座で同僚となる前にも、『リチャード三世』の主人公を演じて評判になっていたから、シェイクスピアとはよく知り抜いた間柄であったかもしれない。

ジェイムズ＝バーベッジの息子として生まれたバーベッジは、幼い頃から演劇の世界で育った人であった。父親はもともとは指物師《さしもの》であったが、途中で俳優に転向し、バーベッジが五歳の時には、シアター座建設に乗り出している。父親の演劇に対する情熱は、そのまま息子たちにも受け継がれたらしく、バーベッジは生涯を演劇に賭《か》けたし、兄のカスバートも劇場経営に携わっていた。宮内大臣一座は、後に二つの劇場を拠点とするようになるが、これらの一流の劇場を自在に利用できたのもバーベッジに負うところが大きい。

バーベッジは迫力のある台詞《せりふ》を語ることのできる俳優であったらしい。当時の評判では、彼は公演中は役の人物そのものになり切って台詞を聴かせ、観客は彼が語り終えると残念がるほどであったという。

その頃の上演は、手の込んだ舞台装置や背景は使用しないのが常であったから、場面状況も人物の心理も、観客に伝えるには台詞を通じて行うことになる。だから、台詞を真に迫って語ったり、微妙なニュアンスを表現できたりすることが、非常に重要なことになるわけである。台詞の話法自体が作品の生命にかかわってくる。高度な技術を要した。

そのような事情であるから、バーベッジのような俳優は得難い人物であった。シェイクスピアは『ハムレット』の中で、絵空事の悲しみなのに、本当のことのように涙まで流せる俳優への驚嘆を主人公に語らせていて、興味深い。

リチャード=バーベッジ

一座の看板俳優であったバーベッジは、多くのシェイクスピア作品の主人公を演じている。シェイクスピアは登場人物を創造していく過程で、バーベッジを想定して書いたことは、十分、想像できる。では、バーベッジとの出会いはシェイクスピアの制作に何をもたらしたであろうか。シェイクスピアにとって大切なことは、自由な想念を思うままに作品化することであったであろう。一瞬から次の一瞬へ絶えず変化する人間の心理を、彼は描こうとしている。ハムレットはオフィリアに向かって「愛していた」と言った直後に、「お前のことなど愛さなかった」と語る。どちらも真剣な、真情吐露の発言である。これをバーベッジが演じた。きわめて高い真実性を備える俳優だけが演じ切ることのできる言葉であった。ハムレットにせよ、オセロにせよ、リア王にせよ、どれも激情を備えた人物像である。彼らは愛情から急転、嫉妬《しっと》や憎悪へ変化してやまない。時にはあまりに理不尽な変化に、現実味を欠くことすらあるのである。多くの俳優にとって一度は演じてみたいと思っても、実際に演ずると、俳優泣かせの難しい役柄が多い。それでも今日まで多くの俳優が、シェイクスピア作品を演ずるために、力を振るい続けている。そして、その俳優の歴史の根源にバーベッジがいたのである。

シェイクスピアとバーベッジの間柄から、後年、一つのエピソードが生まれることになった。バーベッジはリチャード三世を演じていたが、そのバーベッジに夢中になった熱心な女性ファンがいた。彼女は彼を自宅に招くのであるが、その話をシェイクスピアが知るところとなる。彼はバーベッジに先回りして、その女性ファンを訪ねると、いたずら狐《きつね》さながら、ちゃっかり彼女のもてなしを受け、二人で楽しい時を過ごしてしまう。何も知らないバーベッジは後からやって来るが、シェイクスピアは少しも慌てず、「征服王ウィリアムはリチャード三世よりも先人であるぞ」と言ってかわしたというのである。真偽はどうかわからないが、バーベッジとの近しさがシェイクスピアらしい機知に彩られた話として、今日まで伝えられている。

抒情的世界で自由に筆を伸ばしたシェイクスピアは、みずみずしい感覚の作品を次々と生み出していった。純粋さやおおらかさに満ちたこれらの作品は、彼の創作人生の中でも青年時代とも言うべきものである。一五九四年から九六年の間には、『ヴェニスの商人』も制作された。この作品でシェイクスピアは、ポーシャとシャイロックを生み出すことになった。ポーシャは才色兼備の女主人公であり、シャイロックはユダヤ人の金貸しとして登場する。彼は主人公というわけではないのだが、強烈な個性と現実的な存在感で、万人の記憶に残る人物となっている。

『ヴェニスの商人』

物語の筋は、ヴェニスの青年バッサーニオがポーシャをめでたく獲得するまでの様々な顚末《てんまつ》と、それに絡んだ若者たちの恋愛模様を描いている。

ヴェニスの富裕な商人アントーニオは、得体の知れない憂鬱に悩んでいるが、親友のバッサーニオが金持ちで美人のポーシャに求婚するために必要な大金を用立ててやることにする。たまたま手元に自由な金のなかった彼は、ユダヤ人の高利貸しシャイロックから借金をする。条件は、期限までに返済できない場合は、心臓に一番近い胸の肉を、一ポンド切り取っても良いというものであった。バッサーニオは危険を感じて、アントーニオを止めようとするが、返済の見込みのあるアントーニオは証文を作って契約を結ぶ。ベルモントの美女ポーシャは、秘かにバッサーニオを慕っているのだが、父親の遺言に従った方法で選ばれた男性と結婚することになっている。その方法とは、金・銀・鉛の三つの箱のどれかに入った彼女の絵姿を見つけ出した者が、彼女を妻とするというものであった。入れ替わり立ち替わり、世界中から求婚者が彼女の屋敷を訪ねている。友人と共にベルモントに来たバッサーニオは、首尾よく正しい箱を当て、ポーシャも喜んで彼の妻となる。だが、その時、ヴェニスからの知らせがある。海外交易に出ていたアントーニオの船が、悉《ことごと》く海難に遭い、彼の命は今や風前の灯《ともしび》だという。法廷ではシャイロックが証文を盾に、アントーニオの肉を要求している。どんなに大金を差し出しても、彼は頑として受けつけない。若い法学博士が呼ばれ、彼に判決が任される。彼はシャイロックに慈悲を説くが効果がなく、とうとうシャイロックの言い分が認められる。ナイフが振り上げられる。と、まさにその時、法学博士が叫ぶ。「肉は取っても良いが血は流してはならない。もし一滴でも流したら全財産没収である」。シャイロックの敗訴となる。バッサーニオは法学博士に、御礼として結婚指輪を渡す。一同がベルモントに戻ると、博士はポーシャだったことがわかる。指輪の一件で一揉《も》めするが、他にもカップルができて、幸福な一件落着となる。

一五九四年という年には、ロペス事件という女王暗殺未遂事件が起きた。エリザベス女王は六〇歳を過ぎ、王国は跡継ぎのいないままであった。そのような中で、女王の健康と国の行く末の安泰が、国民の関心事でなかったはずがない。ところがそこに、暗殺陰謀事件が起きた。首謀者と目されたのが、女王の侍医であったポルトガル系ユダヤ人のロペスであった。この作品の制作背景には、この事件が世間に及ぼした反響があったと思われている。実際には王国内には、一三世紀の末以来、禁令によってユダヤ人はほとんど住んでいなかったのであるが、シャイロックは、時宜に適った登場人物だったのである。

作品の主要な事件の基底には、キリスト教徒とユダヤ教徒の非融合がある。この問題は長くヨーロッパの歴史を通じての問題である。今世紀に入ってからも、戦争で悲惨な事件が起こったことは誰もが知っている。時代や人々の意識によって、この作品に対する解釈もさまざまである。そのどれが間違っているわけでもない。「慈悲の心は強いられて与えるものではない」という言葉で始まる、法廷の場面でポーシャが語る一節は、作者の全作品中でも、最も美しいものとして、多くの人々に喜びを与えてきた。その一方で、シャイロックの「ユダヤ人は人間ではないのか」という意味あいの叫びも、悲痛な自我の主張に対する感動を与えている。シャイロックに対する判決にしても、ポーシャの詭弁《きべん》であると考える法律家もいれば、正当性を認める人もいて議論は冷めない。お国柄や文化背景によって、見方が違うのである。その意味でこの作品は、最終的には喜劇的抒情性を保ちながらも、難しい側面も持っている。シェイクスピア的世界肯定の深みがそこにある。

紋章とニュープレイス

一五九六年はシェイクスピアが、家庭内の不幸に見舞われた年であった。息子のハムネットが死んだのである。三人の子供の中で唯一の男の子が、これでい

シェイクスピア家の紋章

なくなってしまった。彼はまだ一一歳の少年であった。

　息子の死の後、シェイクスピアはその実業的な腕前をうかがわせる記録を二つ残している。

　名声は得るものの生活は悲惨であるというタイプと、芸術上の成功と社会生活上の順調さとを、同時に目指すタイプとの二つに芸術家を大別したとするなら、シェイクスピアは確実に後者の生き方をした人であった。

　この時、彼が残した記録の一つは、ロンドンの紋章院に願い出た紋章使用許可の申請である。息子が他界した年の暮れに、シェイクスピアの父ジョンの名前で、申請が出された。許可が下りれば、シェイクスピア家は郷紳《ジエントルマン》の家柄に昇格することになる。貴族ではないが、一般自由民よりは名誉も社会的地位も高い。言うなれば、女王陛下から御墨付を頂いて名家の仲間入りをするようなものであったから、没落手袋職人である父にとっても、演劇稼業の息子にとっても、なかなか立派な出世を意味している。郷紳《ジエントルマン》として認められるには、勿論、身元にも生活にも信頼を置けなければならない。長年の父の負債は恐らくこの時までに、シェイクスピアが精算したのであろう。父は二〇年前に町長の地位にあった時に、一度、紋章申請を行ったことがあったが、今回は、かつて叶わな

上：ニュープレイスの庭とナッシュハウス
左：ニュープレイスの庭（現在）

シェイクスピアの屋敷ニュープレイスは，現在では庭だけになっているが，隣接するナッシュの家は保存され，博物館となっている。

かった父の願いを叶えることになった。

この申請でシェイクスピア家は、紋章使用を許された。紋は、中央に金色の盾形があり、銀の穂先のついた槍を配した黒い斜線が入っていた。「槍をふるう《シェイクスピア》」という名字に因んだ意匠であろうか。紋の下に記された銘は、「権利なきに否ず」であった。父のジョンはこうして初代の郷紳《ジエントルマン》になり、シェイクスピアはその二代目になる。

紋章使用許可を申し出た翌年には、シェイクスピアはストラットフォードに屋敷を買い入れている。これが二つ目の記録である。閑静なチャペル=ストリートにある、ニュープレイスという屋敷で、町の一般住宅としては一番の大きさであった。ここは、かつてヒュー=クロプトンという人の所有であった。この人物はエイヴォン川に町で唯一の橋を架けるなど、立派な事業をした人であった。ついでながら、現在でもストラットフォードの町を対岸とつないでいる主要な橋は、このクロプトン橋だけである。シェイクスピアは、そのクロプトンの屋敷で、郷紳《ジエントルマン》として暮らすことになる。ここは庭も広く、シェイクスピア自身が桑の木を植えたとも伝えられている。彼がロンドンに住む間は、恐らく妻が故郷の家庭内全般を取りしきったのであろう。シェイクスピアは、ストラットフォード近辺に土地を買ったり、訴訟を起こしたり、一般の村の人々と変わらない生活をしていた様子である。

ハムネットの死の後に、シェイクスピアが何を思ったにせよ、肉親の死は人間の目を一層、家族に向けさせるものではなかっただろうか。後年、シェイクスピアは親子の緻密な情愛や、生き生きとした娘をよく描いている。劇作家としては中盤に入ろうとしていた。

III　広大無辺の宇宙へ

新しい劇場、新しい活動

英雄的国王『ヘンリー五世』　シェイクスピアは、再び史劇の制作に取りかかる。『ヘンリー四世』第一部・第二部（一五九六〜九八年頃）と、『ヘンリー五世』（一五九九年）である。三作品はいずれも、イングランドの人々にとっては国民的英雄であるヘンリー五世を題材にしている。出来上がったのは一五九九年頃までだったらしい。既に『リチャード二世』を書き上げたシェイクスピアは、これで史実上のリチャード二世から五〇年間ほどの期間に展開された歴史を、作品として完結させたことになった。

この五〇年はイギリスの歴史の中でも、戦争の絶えなかった時期である。時代的にはちょうど百年戦争に重なる時期で、戦争による領土拡大と王権伸張が時代の特色であった。百年戦争は英仏間で争われ、その発端は一四世紀にまで遡《さかのぼ》る。戦争の主要な原因は、フランドル地方での主権獲得を両国が目指したことにあった。フランス国王は王権強化、イングランドは経済上の理由でフランス内領土を確保して、フランドルと緊密な関係を保とうとしたのである。イングランドはドーバー対岸のカレーを足がかりに進出を計っていった。領土争いは両国の王位継承権をめぐる戦争にまで発展し、断続的に一〇〇年以上も続いたのである。

シェイクスピアが描いたヘンリー五世は、この百年戦争でイングランドを勝利に導いた英雄的国王である。断続的とは言え、これほど長期にわたる他国との戦争が、国民生活に疲弊を与えないはずがない。経済上・対外政策上からも国力伸張が必要である。ヘンリー五世は二七歳という若さで即位し、翌年には休戦中だった対仏戦争を開始。大義名分を揚げて自ら軍を率いると、アジンコートの戦いで大勝した。王国にとって数十年来の大望であったフランス王位継承権が、こうして獲得されたのである。ヘンリー五世が誉れ高き王として、国民の理想像となったのには、このような歴史的背景があった。

作品のヘンリー五世が描かれたのは、史実の国王から一五〇年以上もたってのことであるから、観客にとっては、ちょうど今日の日本人が江戸時代の話を観るようなものであった。つまり時代劇である。けれど一座は、エリザベス朝の服装のまま上演していたらしいから、観る側にとっては登場人物も遠い過去の、輪郭のぼやけた人間というよりは、身近な印象だったのではないかと思われる。そのうえ、フランスとの競争関係は百年戦争で終結したわけではなく、現に女王もフランス出兵を実行したりしていたから、内容的にもきわめて時事性に富んでいたのである。

シェイクスピアは国民的英雄を措きながらも、神のような完全無欠な人物を作ったのではなかった。作品は主人公が王者へと成長する過程をたどる構成になっている。『ヘンリー四世』には、王子時代のヘンリー五世が登場する。ここでは彼は、父親の期待にそむく不肖の放蕩《ほうとう》息子として登場する。彼は王子の身分でありながらも、庶民からハルの愛称で呼ばれ、堅苦しい宮廷よりも町の居酒屋で、巷《ちまた》の人々と面白おかしく過ごす生活を選んでいる。作者は、主人公が社会を広く見据えながら王子としての自分も忘れず、王者としての責務を自覚していく過程を描いている。

続く『ヘンリー五世』では、史実のアジンコートの戦いと、フランス王位継承権獲得の顚末が中心に描かれている。国王ヘンリー五世の英雄らしい活躍ぶりは、叙事詩のように朗々たる英語で語られる。

三作品を通じて主人公のまわりには、宮廷世界と対置的に巷の住人たちが配されている。これらの人々は安居酒屋の女将であったり、しがない酔客であったりする。歴史の表舞台とは縁の薄い、名もないこれらの人々は、庶民的なその存在感で作品世界にリアリティーを添えている。シェイクスピアの作品の中でも、この三作には愛好者が多いが、その愛好者の大部分がこれらの庶民の姿にひかれて、作品を愛するようになっているのである。国民的英雄の話が、エリザベスという一人の英雄に導かれた当時の観客にとって、強い訴えを持ったことは想像できるが、英雄以外のさまざまな登場人物たちは、より広範な人々に共感を与え続けている。

　ヘンリー五世は伝説的人物像のとおり英雄として描かれたが、一方で、人間的な懊悩《おうのう》も備えるよう配慮がなされている。王者の孤独の苦しみである。歴史上の王の名を不朽《ふきゅう》にしたのは、アジンコートの戦いの勝利であった。作品中では、彼はこの戦いの日の朝、国王として生きる人間の苦しみを長い独白で告白する。

王者の苦しみ

体は満ち足りて心に心配事もなく、
苦しい労働の末に得たパンを食べて
奴隷は安らかに眠ることができる。
彼らは地獄の申し子ともいうべき恐ろしい夜を目にすることもなく、
馬丁のように日の出から日の沈むまで
太陽神フィーバスのもとで汗を流し、夜ともなれば、
よみの国の安らぎの中で眠るのだ。さらに翌朝明けやらぬうちに目を覚まし、
日の神が天翔ける馬車に馬をつける手伝いをする。
そして一年中それを繰り返し、
実り多い仕事を仕遂げ、生涯の暮れを迎えるのだ。
何の儀礼もない身のそんな連中は、
労働で日中を暮らし、眠りで夜を過ごしていても、

王の身よりも何と得なことか。
身分はたとえ奴隷であっても、
　共に国に住む者として立派に平和を享受できる。
だが愚かな頭の思いもよらぬほど、
農民の安らぎのために、
その間《ま》も王は目を光らせているのだ。

　社会生活の中では人間は得てして、権力を持つことは自由を得ることで、高位にあることは幸福であると錯覚しがちである。けれど、王冠は必ずしも安穏で平安に満ちた生活を意味してはいない。そのことはイングランド王国の歴史自体が教えるものであった。女王の弟君は在位わずかに六年。続く姉君メアリー女王も、対仏政策に失敗して、王座にあったのは五年足らずであった。その一生は宗教政策・対外政策など問題を抱え、安楽な生涯とは言えない。エリザベス女王自身の一生にしても、考えれば気苦労に満ちていたと言えるであろう。彼女の娘時代は、王の血族として命の危険すらあったし、その後は王国の舵取りの重責が彼女の双肩にかかっていた。作者はそのような王者の苦しみを描いたのである。
　シェイクスピアは数篇の歴史劇を制作しているが、その中ではさまざまな国王が登場しては活躍する。これらの人物像たちは歴史の表舞台に名を残し、歴史を作っていく。しかしながら、王冠は結局は大きな歴史の流れを超えるものではない。たとえ王冠を頂く国王であっても、彼らはより大きな力の前では、一個の弱い人間存在にすぎないのである。

一般庶民が眠りをむさぼる間も、国王は心の安らぐ間もなく、一刻一刻歴史を作っていく。いわば時間の虜《とりこ》である。忙しい現代人も顔負けなストレス人生である。

ヘンリー五世の嘆きは、安眠をなくした王としての苦悩であるが、彼のみならず、今日でも多くの人に通ずる。眠りが安らぎであることは、当時も今日も変わりがない。

フォルスタッフ登場

シェイクスピアが描いた登場人物の中で、中期の傑作の一人は、フォルスタッフである。ヘンリー五世が安眠を失ったと嘆く一方で、その黄金の眠りを持っているのがこの人物である。

フォルスタッフは『ヘンリー四世』両部で登場し、『ヘンリー五世』では初めの部分で、熱病のため死んだと言及されている。シェイクスピアは、ハルが見聞するロンドンの巷の住人としてフォルスタッフを配している。

一説によると『ヘンリー四世』を観たエリザベス女王は、彼を非常に気に入ったと伝えられている。今日でもストラットフォードのロイヤル・シェイクスピア劇場の庭には、作者を囲んで四人の代表的登場人物の像が立てられているが、その一人がフォルスタッフである。この登場人物は当時

フォルスタッフ像

ハル像（後はシェイクスピア像）
（ロイヤル-シェイクスピア劇場の庭園）

も、今日も、変わらず高い評価を受けている。

フォルスタッフが好まれる理由はどこにあるのであろうか。それにはまず、彼の人物像を見なければならない。

彼の正式な名はサー＝ジョン＝フォルスタッフという。サーは彼がナイト爵を授けられていることを意味している。これは国家に対して功労功績があった人物に与えられる栄誉爵位であるから、彼は立派な名誉的行動を取ったことが、少なくとも、かつてはあったはずなのである。けれど、実際はどうか。彼は非常に太った、中年の、不逞《ふてい》の輩《やから》として登場する。彼は年中、居酒屋「猪頭亭」に入り浸っては、安酒を飲んでいて、ビール樽のようなおなかを仲間にからかわれる。ハルからは「肥満野郎」などと呼ばれる。およそナイト爵から想像される清廉な正義漢とはほど遠い。だいいち彼の本職は追い剝《は》ぎである。十数年間、この稼業に精を出したプロである。

当時は、町を出ればまだまだ手つかずの自然が残っていた。道も悪いし、森林も広がっている。その分だけ追い剝ぎの隠れる場所も多かったのであろう。シェイクスピアが行き来したストラットフォードとロンドンの間の街道にも出没したと考えられる。時には宿屋の使用人が一味ということもあり、宿屋から知らせを受けた追い剝ぎ一味が、街道で宿屋に泊った客を待ち伏せするということもあった。フォルスタッフもこの手合いなのである。彼はしかも、少しも自分を恥じることがない。

なあ、ハル、これはおれの天職さ、ハル。

天職に励むのは罪じゃないぜ。

この言葉は彼の全き存在の堅固さを示して余すところがない。

ハルは堅苦しい宮廷よりも、街頭を好むように設定されているが、一方で作者は巧みに二人の人物像を対置させてもいる。フォルスタッフは商人から金品を巻き上げるが、変装したハルは、さらにそれを強奪する。そうとは知らないフォルスタッフは一目散に逃げ出し、猪頭亭に戻ると、今度は、自分の雄戦ぶりをでっち上げて自慢する。ところがハルは、ま・ん・ま・と彼の臆病《おくびょう》ぶりの実態を暴く。フォルスタッフはそれでも平然と言い逃れをすると、強奪金で朝まで飲み明かそうと張り切る。

気苦労というものが、彼にはない。商人の訴えを受けた巡査が彼を捕まえに来ても、彼は壁掛けの後ろに身を隠したまま、馬のような大いびきをかいて寝入っている。まさに安楽の極み。黄金の眠りである。

さて、フォルスタッフも戦争が起これば、戦場へ赴く。一応は、ナイト爵位者として、敵にも名を知られている。ハルの引き立てで隊長になってはいるものの、彼はもとより、武勇を立てようなどという殊勝な心掛けは少しもない。敵の武将に挑みかかられて彼は何をするか。難を逃れるために死んだふりをする。真面目に戦っているハルに向かっては何と言うか。彼は端から高見の見物を決め込んで「そうだ、ハル！　それ行け、ハル！」と声援を送る。しかもハルが退場すると、ハルが倒した敵を担いで行って、ちゃっかり自分の手柄にしてしまう。作者はこのようなフォルスタッフを憎むべきものとして描いたのではない。彼の意図はむしろ、フォルスタッフが笑いと許しを受けるよう配慮しているのである。事実、ハルもフォルスタッフを許している。

フォルスタッフの人物像は、社会常識に照らせば、不埒《ふらち》きわまりない存在ということになる。それにもかかわらず彼が愛されるのは何故であろうか。それは彼が自然のままの人間として、限りなく自由だからである。確かに彼は、無節操で臆病ででたらめである。彼の真骨頂は縦横無尽の機知にあって、きわめて頭が良いのだが、彼は、立派なことにそれを役立てようなどとは、毛頭思ったこともない。彼の機知は誰のためでもない、彼の人生そのもののためにあるのである。

口をゆがめた形相で、戦場で死んでいる武将を見て、彼は次のように述べる。この一節は社会的価値基準にとらわれない、彼の存在の自由さを伝えるものとなっている。

おれはサー＝ウォルターが死んで手に入れた、口をゆがめている名誉なんて好きじゃない。おれは、いのちがいい。いのちが助かればそれでいい。もし助からなければ、欲しくもない名誉がやって来て、いっかんの終わりというわけだ。

現実に存在していたら困るかもしれない人物でありながら、フォルスタッフは非常に多くの人に愛されている。それは、虚栄に欺かれない、生命に照らした率直さを彼が備えているからに他ならない。自由な人間存在とは得難いものである。何事かにとらわれたり、人のしがらみに巻き込まれて生きる人間存在の不自由さを考える時、夏目漱石が「兎角《とかく》に人の世は住みにくい。」と言った『草枕』の冒頭が思い出される。フォルスタッフはそれを超越して、力強く自由な存在なのである。シェイクスピアは宮廷に代表される、真面目な歴史的時間の世界と対比させながら、フォルスタッフの世界を描いていった。彼の世界はいわば、時間など、どうでもいい世界である。『ヘンリー四世』両部は、英雄王ヘンリー五世の成長をたどる作品になっているが、フォルスタッフが導入されなければ、あるいはこの二部作の高い人気は、あり得なかったのかもしれない。

「フォルスタッフについては、伝説が一つ残されている。彼をことのほか気に入った女王が、この次は恋するフォルスタッフを観《み》たいと言う。そこでシェイクスピアは、早速、次作の制作に取りかかり、出来上がった作品が『ウィンザーの陽気な女房たち』（一五九九年頃）であるというのである。真偽のほどは、わからない。この作品ではフォルスタッフは、二人の人妻に翻弄《ほんろう》される好色な老人になっていて、かつての生彩はない。それでもこの作品は後に、多くの芸術家たちに創作のヒントを与えることになった。ヴェルディの歌劇『ファルスタッフ』などはその一例である。

グローブ座の誕生

シェイクスピアの作品中には、当時の劇場についての言及が見られる。そこから、一座が上演していた劇場が、どのような構造だったのか、推測することができる。

一五九九年以降、シェイクスピアの作品が上演されたのは、グローブ座であったらしい。グローブ座は一座の所有の劇場であった。一五九九年の秋までには、この劇場は完成し、『ジュリアス＝シーザー』や『ヘンリー五世』が上演されている。新しい劇場に足を運んでくれた観客に向かって、シェイクスピアはこう挨拶している。『ヘンリー五世』のプロローグの一節である。

……けれど皆様、お許しを、
鈍くて平凡な私どもが、とるに足らない
この舞台で、かくも見事な光景を、
あえてお目にかけますことを。

この平土間の小舞台が、広いフランスの
戦場を、うまく収め切れますか？
この木造のO《オー》の字がアジンコートの大空を
脅した冑《かぶと》を残らず詰め込み得ましょうか？
腰の曲がった俳優は百万の軍勢に較《くら》べれば、
ゼロに等しい身なれども、皆様の想像の力をもって、
　どうぞお許し願います。

グローブ座は木造三階構造の建て物で、アルファベットのO《オー》の字に近い外観であった。グローブとは地球の意味で、トレードマークは、ハーキュリーズが地球を担っている図であったという。所在地はテムズ川南岸で、ロンドン橋を渡って川沿いに少し進んだ所である。シティー内は相変わらず反演劇思想で守られていて、新劇場の建設は難しい。結局、シェイクスピアと一座の人々は、南へ街道の伸びる新開地を選んだのである。

グローブ座はロンドンの劇場の中でもきわめて立派な本格的劇場だったと思われるが、開場した経緯には、実に、一座の人々の苦労話があるのである。それについてはおよそ、次のようなことが、今日では調べられている。

グローブ座が建築される以前は、一座はジェイムズ＝バーベッジのシアター座を中心に公演を行

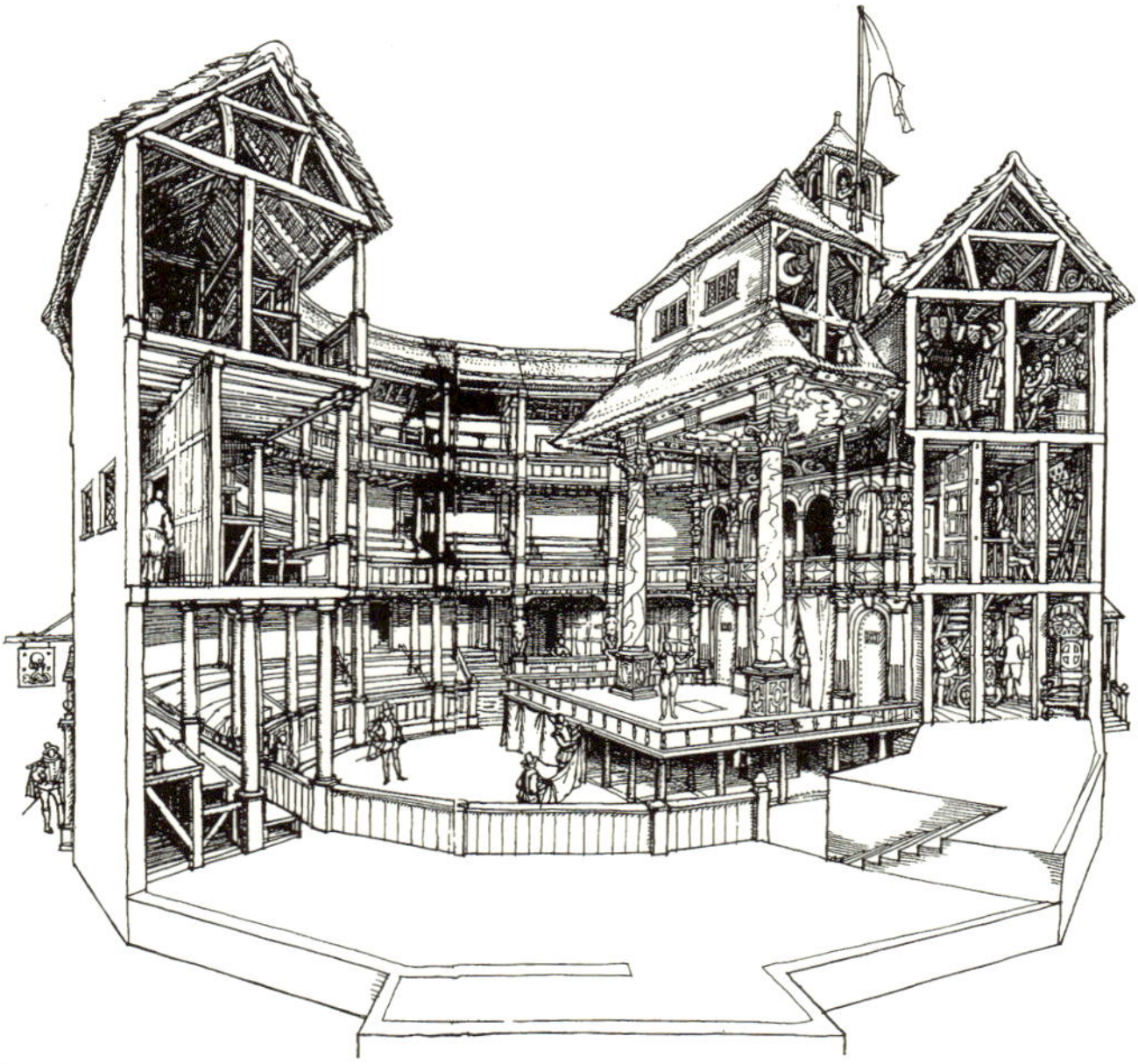

(上) グローブ座内部の復元図
(右) グローブ座全景の復元図

っていたのであるが、ここの借地契約が一五九七年に切れてしまった。契約切れに先立ってジェイムズ＝バーベッジは、地主と契約更新の話し合いを進めていた。ところが条件でなかなか折り合いがつかない。二倍近い土地代の値上げのほかにも、劇場の建物の所有権を先行き引き渡すことなど、厳しい条件が地主から出された。話し合いは難行。そうこうするうち契約期限も切れてしまった。しかも決着がつかないうちにジェイムズ＝バーベッジが他界してしまう。地主との交渉は息子が引き継いだ

（上）東京グローブ座内部
（左）東京グローブ座外観
（1988年４月，東京都内の西戸山に開場）

ものの、やはり打開策がない。一座は近くのカーテン座を利用するなど苦肉の策を取っていた。そこに演劇界全体が、びっくりするような事件が起こった。その頃、若手の劇作家ベン＝ジョンソンが活躍していた。気性の強いジョンソンは、書く作品もその人柄を映している。彼の作品がロンドン市会を刺激してしまった。市長以下、要職の人々は、不穏で煽動的な演劇を駆除すべきであると考え、枢密院に申請を出す。申請は受け入れられ、ロンドンの全劇場に閉鎖命令が出されたのである。シアター座・カーテン座は名指しであったという。結果的には枢密院命令は執行には至らなかったのであるが、一座にとっては、いよいよ、確実な上演場所の確保が重大事であった。だが交渉には解決の兆しがない。とうとう一座の人々は思い切った決断をすることになる。バーベッジ兄弟、大工のピーター＝ストリート、それに一座の人やシェイクスピアもいたかもしれない。彼らは、自らの手で、シアター座を取り壊し、木材をテムズ川南岸に運んでしまった。こうしてグローブ座が建てられたのである。法律上は一座の人々には非がなかった。その後、グローブ座は宮内大臣一座の拠点として、演劇史上に名を残すことになった。ロンドンで最初の劇場は、その建設者の息子と仲間の手で、最先端の新劇場に生まれ変わることになった。

グローブ座の運営と構造

一座の人々がグローブ座運営に際して採用した方針は、共同経営方式を取ることであった。つまり、敷地の貸借費や劇場建設費や運営費など経費をすべて分担で共同出資し、全員が団結して経営に当たる。利潤は出資した額に応じて分配する。株式会社流の合理的運営であった。リチャード＝バーベッジは多額の借金をして建設運営資金に当てたらしいし、シェイクスピアも他の俳優たちと共に出資した。その結果、彼は全体の一〇パーセントの権利を持つことになった。事実上、経営者となったわけである。この方針のもとに一座は一層、成長していくことになった。

グローブ座については、見取り図も設計図も残されていない。グローブ座建設の直後に、ライバルの海軍大臣一座はフォーテュン座を建てたが、この時、建築に当たった大工が同じ人物だったので、この二つの劇場の構造には、類似点が多かったと推測されている。今日考えられているグローブ座の構造図は、このような間接的資料から想像されたものである。

それによれば、グローブ座は外壁に沿って円陣を組むように客席があり、三階の天井には屋根がある。舞台は円周上の一部から劇場の中央に向かって突き出た張り出し舞台で、劇場中央部には屋根がない。舞台の回りは立ち見の広い土間席で、一番安い一ペニーの入場料。腰掛けてゆっくり観《み》たい客は追加料金を払って、屋根付きの桟敷《さじき》席に座ることになっている。

建物自体は、内側の直径が約一七メートルたらずであったから、一五〇畳に満たない広さであった。この規模に二千人からの人が入る。新作上演などにはびっしり人が詰まり、俳優は張り出しに立てば足元からも、横からも頭上からも観客の視線を浴びる。小さな円形の空間に多勢の観客が入るのであるから、それだけ、舞台と客席が親密な演劇空間であったと想像される。

張り出し舞台の奥は、普段は幕で仕切られているが、場面によっては、内舞台になる。室内の場面など、ここを使えば都合が良い。さらに内舞台の二階に当たる場所は上舞台として使う。上下の空間が必要な場面は、ここを利用すれば良いのである。しかも三つの舞台を同時に使うことも可能であるから、舞台世界は、立体的なリアリティーを加味されたであろう。今日では世界のさまざまな町で、エリザベス朝の劇場構造を模した劇場が建てられ、当時の演劇空間や、観客の演劇体験がどのようなものだったか、再生が試みられている。

さて、シェイクスピアは言葉をふんだんに用いた。登場人物は誰でも実によくしゃべる。それだけ言葉の豊かな時代だったのであるが、これにはもう一つ、劇場構造上の原因もあるのである。今日の劇場が壁と屋根に覆われ、劇場というと暗い場所を連想するのと違って、当時の屋根なしの劇場では、あらゆる場面が自然光の中で演じられる。しかも上演時間は午後の二時ごろからの二、三時間であるから、明るいのである。『リア王』の中に、主人公が嵐の荒野をさ迷い歩く場面がある。嵐だから空は暗くなければおかしい。かと言って、上演時にちょうど雲行きが険しくなってくれるわけではない。夏なら、さんさんと降り注ぐ陽光の日もある。楽し気に小鳥も鳴いてしまうかもしれない。そこでどうするかというと、すべてを言葉で表現することになる。

吹け、風よ、お前の頬《ほほ》を吹き破れ！　怒り狂え！　吹きすさべ！

雨つぶてよ、降りまくれ、滝となり逆巻いて、

地上の尖塔を沈めてしまえ！　風見の鶏も溺れさせよ！

稲妻よ、一瞬で事を仕遂げるイオウの炎よ、樫《かし》の木を切り裂く雷のさきぶれよ、

この白髪頭を焼きこがせ！　全世界を揺るがすいかずちよ、

丸い地球にうちつけて平らにしてしまえ、

造化の神の胎《はら》を破り、恩知らずな奴らを造る、

種をすべてつぶしてしまえ！

舞台上に実際の嵐が見えなくても、嵐に出会った経験のある観客なら、体験に照らして十分に想像が出来るよう、この言葉には豊かなイメージが盛り込まれている。嵐は舞台上ではなく、観客のイマジネーションの世界に吹き荒れるのである。

屋根がないばかりか、舞台上の背景や道具類も、当時は少なかったと言われている。これも言葉の演劇を作る一因となっている。何もない空間に、休みなく流れるように次々と場面が展開される。アジンコートの戦場を演ずる時など、映像で量感を出すことも、音響で軍馬の押し寄せるひづめの音を響かせることもできない。観客は数人の登場人物で、幾万の兵士の激闘を想像し、「馬」の一言で大軍の馬を思い浮かべるのである。観客は想像力と連想によって、自ら劇世界を創造していくことになる。その分だけ作品世界は身近で、観客ごとの現実味を帯びていたのではないだろうか。

劇作家の生活

グローブ座はロンドン名物の一つになった。ロンドンは大陸の都市と比べても屈指の大都会で、商業や交易で栄えていた。海外からの旅行者もあって、中にはグローブ座での観劇の様子を記録に残した人もある。

一座に専有の劇場を得たことが、シェイクスピアに安定した創作活動の基盤を作ったことは疑いがない。劇作家として彼はどのような生活を送っていたのであろうか。ここで想像してみることにしよう。

サザーク-カテドラルのシェイクスピア像

シェイクスピアが制作に当たった期間を仮に二五歳から五〇歳ぐらいとすると、二五年間の活動期間である。彼がロンドンに来たのは二〇歳ぐらいであったらしいし、最後の単独執筆が四七歳頃であるから、おおむねこの年数であろう。

この期間に作品数は、劇作品・詩作品を合わせて共作も含めれば四四篇ほどにのぼる。一年におよそ二篇を制作し続けたのであるから、非常に旺盛《おうせい》な創作意欲と言わなければならない。スピードとしてもきわめて速い。

速度が速いのには理由があった。彼が座付き作者で、一座の演目を次々に制作する務めがあったということである。文学作品を創作する人の中には、数十年という歳月を費して、暖め上げた珠玉の作品を書く人もある。ゲーテは韻文戯曲『ファウスト』を完成するのに、前後六〇年の時間をかけている。長年にわたる創作努力が、あのような歴史を超える傑作を残すことになったのである。しかしながら、シェイクスピアの立場は、長時間の創作を許すものではなかった。一座は最新の台本を観客に提示しなければならない。話題も目新しくなければ、興行としては失敗なのである。実際、彼の作品の中には時事的話題もふんだんに盛り込まれ、現代の読者には、そのままではわかり難い部分があるのも事実である。

その点でシェイクスピアは、文学作家というよりは、今日の放送作家と似ていたと言えるかもしれない。放送作家は、一日に二〇枚も三〇枚もの原稿を書く。作品への評価は一回の放送で決まってしまうから、出来る限り時宜にかなったテーマで、しかも広い視聴者層に受け入れられる、普遍性も合わせ持つような創作を心掛けることになる。それに、のんびり構えていては、その時点の最良のテーマは他の作家に譲ることになるから、創作速度も重要な課題である。流血悲劇が流行した頃、シェイクスピアも『タイタス＝アンドロニカス』の残酷復讐劇を制作したが、この辺の事情は現代と通ずるところがある。

一座はこぞって他の劇作家の作品を上演することもあったから、そのような時にはシェイクスピアも、俳優として活躍したらしい。それでも、次の作品の着想や構成のことが彼の念頭を常に離れなかったことは、制作速度を見れば察せられる。

一五九六年から九八年頃制作の『ヘンリー四世』両部の他に、一五九八年から一六〇〇年の間と思われる時期には、『空騒ぎ』を執筆。一五九九年頃、『ヘンリー五世』、『ウィンザーの陽気な女房たち』、『ジュリアス＝シーザー』を制作。翌一六〇〇年になると『お気に召すまま』が書籍出版業組合に登録される。この作品には、「この世はすべて舞台、男も女も皆、役者」という言葉が書かれ、名高い。さらに一六〇一年頃に『十二夜』が書かれ、同じ頃に『ハムレット』も制作。後に彼の四大悲劇と呼ばれる悲劇群の制作がここで開始される。一六〇二年あたりになると『トロイラスとクレシダ』。『終わり良ければすべて良し』や『尺には尺を』が生み出されたのもこの時期である。

創作密度の高さは、シェイクスピアの当時の活動がいかに旺盛であったかを物語っている。彼が作品中に取り入れた話題は実にさまざまであった。その範囲は政治や海洋航海の話から、庶民の井戸端会議的話にまで及んでいる。あらゆる素材から話題を選び、人物像を創造し、物語を構成展開するきわめて知的な作業が、高い密度で行われたのであった。

『ジュリアス＝シーザー』とエセックス伯事件　『ジュリアス＝シーザー』は、一五九九年の九月末にはグローブ座で上演された。制作も恐らく、その直前であったであろう。

政権の変転の模様と政治家の類型を描いた作品で、題が示すとおり、ローマ時代に場面を置いている。シーザーはヨーロッパの人々にとっては大政治家の典型のような存在であるし、作者も深い興味を持っていたのであろう。そこからこの作品が生み出されたと思われる。さらに、それと同時にシェイクスピアが政治悲劇を制作した背景には、エセックス伯にまつわる事件が、当時の世相を騒がせていた事実があったからであろうということが今日では広く考えられている。

エセックス伯ロバート＝デブルーは、シェイクスピアとほぼ同年代で、華やかな宮廷生活を送る貴族であった。シェイクスピアが二篇の抒情長詩を捧げたサザンプトン伯にとっては、宮廷の先輩であり、心酔する兄のような人物でもあったようである。シェイクスピアもサザンプトン伯の引き合わせで、エセックス伯と知己の間柄であったとも考えられる。伯爵は立派な容姿を持ち、武勇にもきわめて優れていた。オランダの戦場で勇敢な働き振りを見せたり、ドレーク船長と共にポルトガル沖に遠征に乗り出したりしたのも、この人であった。当時イングランドは、海上権拡大と国力増進を進めていたから、勇ましく華やかな伯爵が時代の寵児《ちょうじ》になったのも当然であった。

伯爵は実の父を幼くして失ったものの、一八歳で宮廷に出仕し始めると、女王の寵臣としての地位を築いていく。そればかりか彼の武人としての誉れ高さは国民の間でも広く知れ渡る。国民的スターであった。

ところが、この伯爵が宮廷内の政権争いに巻き込まれる。伯爵自身が率直で激しい気性の人であったから、野心を包み隠すことが出来ない。宮廷内部に彼を良く思わない人々があっても何の不思議もなかった。しかも宮廷では儀礼の仮面の下で、廷臣どうしが相手を追い落とそうとしている。女王自身が臣下の対立競争を利用して政権運営をしているところがあったから、なおさらであった。伯爵のような赤裸ではっきりとした性格の人物が、このように外見の演技と内面の企《たくら》みに満ちた世界で政治家として成功するのは、困難なことであったかもしれない。

エセックス伯
ロバート=デブルー

一五九八年には、宮廷でアイルランド問題が重大な懸案事項になっていた。女王は反乱軍鎮圧を決心する。伯爵はその討議の席で女王とも対立してしまう。軍事に自信のある伯爵が横柄な態度を取り、激怒した女王は彼の耳を殴る。と、伯爵が剣のつかに手をかけたと言われている。

この一件は何とか丸くおさまり、伯爵は一万六千を超す大軍を率いて、アイルランドへ赴いた。女王の信頼を取り戻したかのようであった。シェイクスピアは彼の武人としての人気ぶりを『ヘンリー五世』の中で描いている。ヘンリー五世と同じように国民に人気のある将軍が、反逆者の首を取って凱旋《がいせん》したら、市民は家から飛び出し大喜びで迎えるだろう、という内容の一節であった。この一節は伯爵がいかに市民の間で愛されていたかを物語っている。

それにもかかわらず、伯爵の権勢は長続きはしなかった。彼の作戦は非難され、女王に無断でナイト爵位を濫発したため、伯爵自身が女王から疑惑を受けることになった。女王は彼に帰国の許可を出していなかったが、彼は衝動にかられて帰国すると、ただちに王宮の女王のもとを訪れる。この時、彼女は彼を親切に迎えたが、同じ日の午後、再度会見が行われた時には彼女の態度は逆転していた。伯爵は蟄居《ちっきょ》を命じられ、反逆罪に対する取り調べが開始されたのである。

シェイクスピアが『ジュリアス＝シーザー』を執筆したらしい時期は、ちょうど伯爵の宮廷での地位が失墜していった時期と重なっている。作品中には伯爵への直接的な言及は何もないが、政権抗争というテーマ自体が、時事性の高いものであったのだろうと考えられる。ローマ時代という遠い異国に場面を置きながらも、作品には政権をめぐる人間の諸相の原型とも言うべきものが描かれている。

『ジュリアス＝シーザー』　シーザーの暗殺とその後の政権抗争の模様が、この作品の主軸になっている。シーザーは連戦連勝でローマに栄光をもたらした。民衆は彼の凱旋を拍手喝采《かっさい》で迎える。彼の仲間のマーク＝アントニーは、集まった群衆の中でシーザーに王冠を捧げようとする。王冠は三度捧げられるが、シーザーは三度とも断る。群衆はシーザーの謙遜《けんそん》に感動し、一層高い歓声で彼を讃《たた》える。シーザーは今やローマで一番の実力政治家である。だが彼には反対派がある。反対派の先頭に立っているのは、シーザーが信頼を寄せているブルータスである。暗殺計画を練った反対派は、元老院に出向いたシーザーを全員で刺し殺す。その場所はかつて、シーザー自身が倒したポンペーの像の前であった。ブルータスは高潔な武人として名高い人物である。彼は群衆の前に立ち、何故シーザーが死ななければならなかったか、暗殺の大義を説く。「私はシーザーを愛していた。だがローマのことはもっと愛していた。だからローマのためにシーザーを殺したのだ」。こう語るブルータスの言葉に、群衆は納得し彼を讃える。けれど続いてアントニーが演壇に立つと、形勢は逆転する。シーザー派であった彼は、今は、直接ブルータスらを非難することはしない。かわりに彼は、シーザーがいかにローマ市民を大切にしていたかを、具体例をあげて語ったのである。

ロイヤル-シェイクスピア劇団『ジュリアス=シーザー』の一場面

「これほどローマを愛していた。それなのに死ななければならなかった」。これがアントニーの論法であった。彼の弁舌は、たちどころに群衆の心にシーザーへの同情を引き起こし、群衆は暴徒と化してブルータスの一派の攻撃に向かう。ブルータスの一派は追われる身になる。機に乗じたアントニーたちシーザー派は、フィリパイの戦いでブルータスらを追いつめ、ブルータスは戦場で自殺。戦いはシーザー派の勝利で、シーザー暗殺の悲劇は一応の決着となる。以上が作品のあらましである。

シェイクスピアが政権交代劇を書きながら、それまでのようにイングランド国王ではなく、古代ローマに題材を採ったのは、エセックス伯の一件で神経過敏になっている女王を、無駄に刺激しないように配慮したからだということが、考えられる。彼の時代は、今で言う言論の自由がない時代であった。出版物にしても、正規には書籍出版業組合に登録される。無登録で出版されてしまうものもあったが、反逆的な内容なら逮捕もされるのであるから、何を言っても安全というわけではない。良書悪書の基準は、王権に柔順かどうかで判断されるところがあった。演劇界でも何人もの劇作家が不穏分子として検挙されていた。

この作品の制作時にも、ちょうど、著作をエセックス伯に捧げた歴史家が女王の逆鱗《げきりん》に触れ、ロンドン塔での終身刑を宣告されるという事件が起こっていた。原因は、本文中に王位から追い落とされ殺害されたリチャード二世の記述があり、これが女王への当て付けだと疑われたためである。

シェイクスピアは古代ローマの話を採り、国柄や時代を問わない普遍的な政権交代劇を描いてみせてくれたのである。実際、アントニーのような具体的現実的な策士も、ブルータスのような理想主義者も、ローマ一国に限らない普遍性を備えている。ブルータスは人心をつかんでいると信じているのに、群衆の心が一瞬のうちに翻ってしまうのも、群衆心理としてどこでも共通のものである。

シェイクスピアはよく、「ジェントル＝シェイクスピア」と呼ばれている。ジェントルとは穏やかということであるだろう。思想は急進を嫌い、保守的であると言っても良い。作品に現れた世界は、波風を無駄に荒立てるよりは、秩序を好む性格を示している。にもかかわらず、そのことは決して体制に媚《こ》びるために、危険な話題を扱わなかったということを意味するのではない。彼は結構、先端的な話題も書いたのである。『ジュリアス＝シーザー』もそうであった。政治事件の持ち上がっている時に政治劇を書く。けれど決して、これ見よがしの当てこすりはしない。そのことが彼の作品の生命を四〇〇年間も保ち、観客に、現実の政治や政治家への、偏見のない客観的判断力を与える結果になっている。

当時のロンドンでは、演劇は、きわめて影響力の強い知的メディアになり得たのではなかろうか。情報の供給の手段が少ない社会にあって、劇場には一回に何千人もの人が集まる。合理的に広範な人々に伝達が可能なわけである。

そのことを利用しようとした人々がシェイクスピアの頃にもいたのである。エセックス伯の友人たちであった。疑惑の晴れた伯爵一派は、女王を佞臣《ねいしん》から救おうという大義を掲げると、武装して隊列に加わるよう市民に呼びかけながら、シティーへ向かって進行した。クーデターである。決起に先立って、一派の数人がグローブ座を訪れた。シェイクスピアの『リチャード二世』の公演を依頼しに来たのである。一座は気乗りがしなかったが、四〇シリングの上演手当てを支払われて強く請われ、承諾した。王座も安心ではないことを、市民に知らせるのが公演依頼の目的であった。

結果的には伯爵一派の企ては失敗に終わった。謀議が行われていたエセックスーハウスには、シティーの清教徒牧師や他の面々が訪れては出入りしていたので、伯爵は市民が彼の行動に賛同すると信じていた。人心をつかんでいると思ったのである。だが、実際には市民は彼の呼びかけを、冷淡に聞き流しただけであった。まさに『シーザー』の中で描かれたことが、現実に見られたのである。伯爵は死刑になった。『リチャード二世』の上演をめぐって、一座も取り調べを受けた。幸いにも罪は問われず、潔白が認められた。シェイクスピアにも何の咎《とが》めもなかった。

エリザベス朝末期の社会　エリザベス女王は一五五八年に二五歳で即位して以来、諸問題を乗り切って、王国を一流の先進国に育て上げてきた。シェイクスピアが生まれ、創作者として成長した時代は、彼女が王国を繁栄させた期間とほぼ重なっている。けれど女王の治世も、一六〇三年で終わりを告げることになる。シェイクスピアがグローブ座を中心に活躍していた頃は、社会全体に何となく憂いが漂い始めていたと言われている。『ヴェニスの商人』の冒頭には、「ほんとうになぜだかわからないが、気が重くて仕方がない」という一節が書き込まれた。社会的繁栄がもたらす爛熟《らんじゅく》と、時代の境目を迎える気の重さ。世紀末であった。

社会現象上でも新しい時代の萌芽とでも言うべきことが、次第に起こりつつあった。清教徒の動向と海外交易問題である。

清教徒勢力はロンドンを中心に、女王の治世下でも力を増しつつあったが、半世紀後には、清教徒革命でとうとう国の主権を握るに至るのである。女王の後、王位はジェイムズ一世、チャールズ一世と継承されるが、革命に至って、長く続いた王政は一時中断され、共和制がしかれる。封建社会が近代国家へ生まれ変わる時点で、ヨーロッパ各国は市民革命の洗礼を受けたが、清教徒革命は、これに当たっていた。

これより先、清教徒の中でも弾圧に屈しない強い信念を抱いた人々が、ピルグリム-ファーザーズとして新天地に移り住んだことは、よく知られている。これは、シェイクスピアがこの世を去って間もなくの出来事であった。エリザベス朝の末期は、時代がゆっくりと近代に向けて変化していく、その萌芽の時期であった。

海外市場問題でも王国は、この頃からその後、数世紀に渡って続く対外抗争を開始しつつあった。歴史的には、イングランドは海外領土を獲得して強大な大英帝国を築き上げていく。その間にはオランダをはじめ、フランスなどヨーロッパの列強との間に、激しい抗争が繰り広げられたのである。海外交易の中心に置かれたのは東インド会社であった。女王は特権を与えて、一六〇〇年に会社を設立した。オランダもフランスも、これと競うように東インド会社を設立。会社は近代資本主義が発達する一九世紀に至るまで、二世紀間にわたり、イギリス対外政策の中で大きな柱となった。そして東インド会社の設立とともに、近代国家を目指して、苛烈《かれつ》な領土争奪戦が開始されたとも言えるのである。

好むと好まざるにかかわらず、国民全体がヨーロッパ全体を覆った大きな流れに乗っていた。シェイクスピアの作品も、その時代を映すようになる。

『十二夜』

一六〇一年頃と思われる時期に、シェイクスピアは喜劇『十二夜』を制作した。十二夜というのはキリスト教の行事の一つで、クリスマスから数えて一二日目にあたる、顕現祭の日のことである。この日までで、クリスマスの飾り付けが外され、壁に張ったクリスマスカードもはがされる。いわばお祭り気分から、日常的現実に戻る境目の日とも言えるであろう。作品中には十二夜の行事についての言及はないが、祭りの最後を楽しむような、心の底から朗らかな喜劇的笑いに満ちたものになっている。

話の内容は恋愛喜劇である。難破して双子の兄セバスチャンとも別れ別れになったヴァイオラは、イリリアの海岸に流れ着く。彼女は船長の手助けを得て、イリリアの公爵オーシーノーに小姓として仕えるため男装すると、シザーリオと名乗る。公爵は彼女を気に入り、美しいオリヴィアへの求愛の使者としてつかわす。オリヴィア邸には、彼女の伯父サー＝トービーと成り金貴族のサー＝アンドリューが居候している。そこに女中マライアと道化のフェステも加わり、四人は、鼻持ちならない執事をからかうことにする。陽気な四人を、執事はいつも軽蔑して不遜に扱っていた。ヴァイオラは公爵を愛しながらも、愛の使いに赴く。が、姫は男装の彼女を男と信じて、一目で恋してしまう。一方、執事は偽手紙に欺かれて、姫が自分を恋していると思い込む。謹厳実直なはずの執事は黄色いストッキングをはいて、ニヤニヤ笑いを浮かべながら姫に迫るというていたらくである。誰もが彼のことを、気が変になったと思いこむ。さまざまな恋の行き違いが起こるが、姫はヴァイオラの双子の兄と、そうとは知らずに結婚してしまう。公爵は自分の小姓が姫を奪ったと思い、怒ってシザーリオを殺そうとする。だが、実はそれが自分を恋い慕う娘と知って、彼女との結婚を決意。恋のもつれも、双子の取り違えもすべて解決して幸福な幕切れを迎える。ただ気が変になったとからかわれて、地下牢に閉じ込められていた執事だけが、幸せな気分の仲間に加わることが出来ない。この執事の人物像の原型は、清教徒であると、多くの人が認めるところとなっている。

この作品で作者が描いたいくつかの人物像は、何かを演じている人々である。人間は演ずる者であるという考えが、作者の終生変わらぬ人間観であった。主人公が陥る恋のもつれでは、さまざまな人物像が登場するが、彼らは恋人のふりをしたり、わざと悲しんでみせたり、立派だと思い込んだりする。主人公自身、変装して男性になりすます設定になっている。禁欲的な厳格主義から考えれば、それは欺瞞《ぎまん》でしかない。だが、彼らはやむを得ぬ状況の中で一生懸命演じているのである。時に滑稽《こっけい》ではあっても、そこには偽善や悪意はない。観客や読者がいつまでもこの作品を深く愛するのは、そのためである。冷笑とはほど遠い、円満な人間の世界が、そこにはさし示されている。

シェイクスピアはよく、女性を喜劇の主人公に仕立てた。この作品の主人公は、まだ年若い娘として登場する。彼女の置かれた状況は、決して安楽なものとしては設定されていない。だが物語は、主人公の暖かく健気《けなげ》な働きが、人の心を結んで、調和的世界を作り上げる構成をとっている。実際、彼女は解決の糸口のない状況に苦しみながらも、決して投げやりになったり、荒立った解決法を取ることはしない。自分が運命に対して非力であることをよく認識し、時の力に解決をゆだねる謙虚さも忘れないのである。忍耐と深い愛情。きわめて女性らしいこれらの特徴によって、劇世界は測り知れない幸福へと導かれていく。女性が寛容であり、深い愛情を持ち得ることは、時空を超えて普遍的な魅力であるから、この主人公はいつの時代でも変わらず、愛好者を集めている。今日わが国でもこの作品が好んで上演される理由も、その辺にあるのかもしれない。

『十二夜』は一六〇二年二月には、ロンドンの法学院で上演されている。その前にも既に宮廷や法学院の十二夜の余興で演じられていたらしい。全篇に祭りの余興にふさわしい、踊りや音楽や唄の小品がはめ込まれている。なかでも、道化のフェステが歌う、

おお、恋人よ、どこへさまよう
留まり聴けよ　わが唄を
まことの恋の旋律を
いとしき人よ　行くなかれ
恋に出会えば　旅とて終わり
賢き人も知るところ

などは、恋の混線状態に詩情を添えて、しっとりとした感動を与えている。一座には道化役者ケンプに代わってロバート＝アーミンが加わっていた。作者の描いたフェステは、唄の歌える知的喜劇

俳優だったアーミンのための役でもあったらしい。フェステは閉幕の場面でも唄を歌う。内容は「人生には雨降りがつきもの。いつの世でも外は雨」という概要である。作品の全篇には「心配事は人生の敵」とでもいう雰囲気が漂っているが、観客が終幕まで芝居を楽しんできた間にも、背後には現実が潜んでいたことを、作者はこの唄で示しているようでもある。しかし、実際の現実的人間存在の厳しさや苦難は、作品では触れられてはいない。それは観客がおのずと知っていることだからである。深い幸福感を蓄えた人生の「余興」として、この作品は美しいきらめきを放っている。

少年劇団ブーム

一六〇八年以後、シェイクスピアと一座の人々は二つの劇場を持っていた。一つはグローブ座、もう一つはブラックフライアーズ座である。後者はシティーの市壁内の格好の場所にあった。清教派の反対で新設劇場をシティー内に建設不可能な一座にとっては、最良の位置である。もともとバーベッジとかかわりのある劇場であった。一座はここを一六〇八年から専用劇場として使用し始めるが、それまで何故、使用できなかったのかを見ておかなければならない。

ロンドン演劇界では、少年劇団が急激なブームを呼んでいた。シェイクスピアが『十二夜』の執筆に当たっていた頃のことである。今日の演劇と違ってその頃は、俳優には女優がいなかったから、女性の登場人物も男優が演ずる。声変わりする前の少年俳優などが、女性役を引き受けたのである。

けれど、一般の一座は大人の劇団であるから、中心俳優は皆、大人である。少年劇団は全員が少年であった。しかも一〇歳そこそこという幼い子供が集められ、マネージャーのもとに、号令一下、練習を積み、上演したのである。彼らが使ったのがブラックフライアーズ座であった。

この劇場を本拠にしていたのは、王立チャペル少年劇団である。他の劇場には、セント・ポール寺院少年劇団が構えている。大人の一般演劇に対しては強い難色を示していたシティーの住民も、少年劇団に対しては、より寛容であった。愛らしい少年たちの演ずる演劇は、上品で好ましかった。そのうえ、少年劇団はもともと教会の聖歌隊の少年を組織した存在であった。いわば教会内的組織であることが、安心感をもたらす結果となったのかもしれない。一七世紀に入った頃には、清教的なシティー内でも大ブームで、大人の劇団を脅かすほどのセンセーションを、巻き起こしていた。

それでも実際には、結構、虐待的待遇を、少年たちは受けたのである。時には優れた俳優を集めるため、誘拐まがいの事件まで起きる。まったく、ただならぬブームであった。少年保護の法律なども整えられていない時代であったから、少年たちは意志に反して舞台に立たされたり、厳しい訓練をさせられたりすることも、しばしばある。まさに文字どおり、ムチ打たれての練習だったという。

ブームの背後には、劇場戦争と呼ばれる、劇団どうしの競争があった。少年劇団には、新進気鋭で手腕を伸ばしつつあった若手の劇作家たちが、それぞれ新作を提供していた。それが、あるきっかけでお互いの作風、文体、ひいては創作手腕の上手下手までを攻撃の対象にして、辛辣《しんらつ》な皮肉合戦を作品中で展開するに至った。所詮《しょせん》、つまらぬいがみ合いと言えなくもないが、やられればやり返す。ロンドン市民は露骨な作品上の喧嘩を、大いに喜んだのである。これが劇場戦争であった。

少年劇団ブームは一般劇団にも影響を与える。客足が遠のくのである。宮内大臣一座も例外ではなかったと考えられる。では、シェイクスピアはこのブームをどのように受け止めたのであろうか。『ハムレット』に書き入れられた一節だけが、彼の、少年劇団への注目をわずかにしのばせている。え、何、子供の芝居だって？　誰が雇っているんだ？　給料はどうしてる？　高い声が出なくなって唄が歌えなくなれば、役者はやめてしまうのか？　あとで大きくなった時、もしただの大人の役者になったら、──他に稼ぎようがなければ、そうなるしかあるまいが──自分の仕事の悪口を言わせるなんて、ひどいことをしてくれたものだと台本書きを責めはしないか？

少年の中には優れた俳優もあり、中には一三歳で老人役の卓抜さを絶賛される者もあった。しかしながら、一三歳の少年が演ずる老人に、現実的な意味でのリアリズムがあり得たであろうか。少年の演技が、大人の俳優を顔色なからしめるほどだったのは事実であっても、その演技が「少年」俳優としての範囲に限られていたとしてもおかしくはない。シェイクスピアはハムレットに、少年たちの将来を懸念させているが、ブームは数年間で消えていた。王立チャペル少年劇団はブラックフライアーズ座の賃借権を放棄し、今度はシェイクスピアたちがここを第二の専用劇場として使用することになった。「ただの大人の役者」になるしかなかった少年俳優の一人に、ネイサン＝フィールドがいた。彼は後に国王一座に加わる。宮内大臣一座の後年の呼称が、国王一座であった。だが、時期的には、シェイクスピアがフィールドと仕事をしたことはなかったと思われる。

シェイクスピアとライバル、ジョンソン　劇場戦争は、新しい劇作家が育っていることを示す出来事であった。ペスト流行後、きわめて少なかった劇作家陣にも、有望な人々が集まりつつあった。その一人にベン＝ジョンソンがいた。シェイクスピアは劇作家としても、俳優としても、ジョンソンと身近にあったらしい。

ジョンソンはシェイクスピアより八歳ほど若い。シェイクスピアを追うように創作の腕を上げたジョンソンは、エリザベス朝からジェイムズ朝に活躍し、英文学史上にシェイクスピアのライバルとして名を残した。お互いに個性的な芸術家であったのである。

二人の出会いについては言い伝えがあって、伝説的ながら、シェイクスピアの人柄を伝える話として残されている。それによれば、ジョンソンは、れんが職人だった継父の後を継ぐのを嫌って、オランダで兵役に着いた後、ロンドン演劇界に身を投ずる。初めは俳優として生活を始めたものの、演技には大した才能が発見できない。ある時、彼は自分の創作台本を上演してもらおうと宮内大臣一座に持ち込むが、一座の人々は、名もない彼の台本など役に立たぬとばかりに、突き返そうとする。それを、ちょうどシェイクスピアが知るところとなった。ジョンソンの戯曲を読んで才能を認めたシェイクスピアは、彼を応援し、ジョンソンは創作家として世に出ることになったというのである。

宮内大臣一座はジョンソンの戯曲を演目に加えている。一五九八年には、『みんな癖を出し』を演じ、翌年には新築のグローブ座で、『みんな癖が直り』を公演した。シェイクスピアは俳優として、『みんな癖を出し』に出演し、一六〇三年にはやはりジョンソンの『シジェイナス』でも舞台に立っている。その点で二人は、興行を成功させる目的で結ばれた仕事仲間でもあった。

二人は性格的には対照的であったと考えられる。シェイクスピアは後世、「ジェントルーシェイクスピア」と呼ばれるようになった。ジョンソンは激しい気性であった。彼はきわめて非凡な才能を持ち、自信家であった。芸術上の信念を率直に貫こうとするあまり、政府誹謗《ひぼう》とも取れる内容も、あえて書く。その結果、何度も逮捕される。これがジョンソンの芸術家としてのあり方であった。彼の作品がもとで、ロンドンの劇場全体が閉鎖命令を受けたことがあるのも、既に述べたとおりである。

一方、シェイクスピアは実に穏やかである。人生の達人と言っても良かった。彼は言論統制的な監視にかかったことは一度もなかった。社会的・政治的問題に目を向けながらも、あからさまな当事者攻撃をしなかった。彼の興味は実際的具象にではなく，それにかかわる人間存在のありようにあった。それが幾万もの人間心理を描く，シェイクスピアの劇作家としてのあり方であった。彼の穏やかな心使いは観客にも向けられ，作品のエピローグには，観客に向かって謙虚に頭を下げ，次回の公演での一層の努力を約束する言葉が，よく付け加えられた。

このような二人が，創作上も全く違った世界を展開したとしても，不思議ではない。ジョンソンは，そのような先輩詩人に対しても矛先を向ける。彼は博学で，古典主義者であった。古典の厳格な法則に従って創作を試みる。ところがシェイクスピアは，堅苦しい法則などすべて無視する。古典には，時と所と筋が，それぞれ単一であるべきであるという，三一致《さんいっち》の法則というものがある。シェイクスピアがこの規則どおりに従ったのは，幾多の作品中，たった二篇であった。場面転換も，思考のままに自由に時空を飛び越える。ジョンソンはそれが気に食わない。『ヘンリー五世』の中では，突然，説明役が登場して「場面がイングランドからフランスになったと想像して下さい」と告げ，それだけで場面が転換してしまう。そんなシェイクスピアのやり方を批判するのである。

けれど，一見，強いライバル意識にかられてシェイクスピア批判をしているように見えながら，ジョンソンがこの先輩詩人に深い称賛の気持ちを抱いていたのも，疑いがない。彼は批判もしたが，それは芸術家気質から出たことで，狭量な精神とは違っていた。彼にはシェイクスピアの創作上の自由奔放を皮肉りはしたが，その広々とした自由さの中に，作品世界を豊かにする非凡が宿っていることも、よく心得ていた。

シェイクスピアの作品は作者の死の後、仲間の人たちによって、第一・二つ折本《ファースト・フォリオ》として出版された。大型で立派な装丁の全集である。ジョンソンはこの作品集に賛辞を寄せている。その言葉は、いかに彼がシェイクスピアの作品の芸術性を、正しく理解していたかを表している。とりわけ、「彼は一時代のものでなく、万代のものである」という一行は、後代の多くの観客や読者が、証明するところとなっている。ジョンソンのこの八〇行に及ぶ賛辞は、古今東西、幾多とある賛辞の中でも立派なものの一つとして、彼の同時代詩人を讃《たた》えている。

深まりいく人生

『ハムレット』

悲劇『ハムレット』が書かれたのは、一六〇一年頃であった。この頃からシェイクスピアは、連続して悲劇の制作に取り組んでいる。その冒頭の作品が、理想主義的な青年を主人公にした、この作品である。

この悲劇は、シェイクスピアの全作品の中でも、もっとも人気が高いと言っても良い。今日に至るまでのいつの世紀でも、ロンドンやニューヨークなどの演劇のメッカで、この作品が取り上げられないためしがない。ロンドンでは、演劇上演の歴史の中でも、さまざまな劇場で折につけ上演されてはロングランとなり、演ずる俳優はハムレット役者として、名を高めてきた。逆に言うならば、俳優としては一度は演じてみたい登場人物なのである。

作品はおよそ三、九〇〇行。韻文と散文から成り、全作品中でも最も長い。大作である。

物語はデンマークの王子であるハムレットが、父王の暗殺者に復讐を果たすまでを扱っている。冒頭の場面は、北方の王国の城塞に、酷寒の真夜中、父王の亡霊が登場して、主人公に復讐を訴える。父王の死後、王位は叔父が継ぎ、母はその叔父と時を空けずに再婚している。ハムレットはそのことを悩み、疑惑を抱いている。彼は復讐を決意する。そのため、彼は狂人を装ったり、旅役者に王殺しの黙劇を演じさせたりして、叔父の反応をうかがう。彼の狂気を見て、恋人オフィリアは胸を痛める。しかも彼女の父を、そうとは知らずに、ハムレットは殺してしまう。叔父は彼を亡き者にしようと、イギリスへ出航させるが、彼は企《たくら》みに気付き秘かに帰国する。そこでは、悲嘆の末に狂って命を落としたオフィリアの葬儀が行われていた。彼女の兄レアティーズは、ハムレットへの復讐を誓っている。叔父はそれを利用しようとしている。ハムレットとレアティーズの剣の試合が、宮中で行われることになる。試合は互角だが、レアティーズは隙《すき》を見て、強引にハムレットを傷つける。二人はつかみ合いになり、剣が入れ替わる。今度はハムレットが、相手に傷を負わせる。この間、杯の酒を飲んだ王妃が倒れる。ハムレットに飲ませようと、叔父が毒を入れていたのである。毒はハムレットを刺したレアティーズの剣にも塗ってあった。彼は虫の息になりながら、ハムレットにすべてを告白する。ハムレットはその剣で叔父を刺す。復讐はこうしてようやく果たしたが、ハムレット自身、毒が全身に回り、とうとうこと切れる。

主人公ハムレットは、デンマーク王子にして、ウィッテンベルク大学の学生である。高貴で知的、しかも人一倍、感受性が強い。その結果、彼はいつも冥想《めいそう》に沈み込む。だが、彼の冥想は、単なる観念の遊戯ではない。腐ったデンマーク一国の行方を思い憂う、王子としての悩み。美しからぬ現実に向かって、自分はどうすれば良いかという、具体的な悩みなのである。きわめて矛盾に満ちた性格でありながらも、彼が強く愛され続ける理由は、外界を意識し、自己を内省する彼の姿に、純粋で理想主義的な、青年時代の原形が表明されているからに他ならない。彼は父について悩み、女性について悩み、社会現実について悩む。そのすべてが、みずみずしい。彼の悩みは、さまざまな美しい言葉となって語られているが、中でも「弱き者、お前の名は女」などは、名高い一句である。

この作品はグローブ座で上演されると、たちまちのうちに大評判を博した。時を隔てず、海賊版の台本を出版する者が現れたほどであった。当時の劇団の通例で、上演台本は手書きの一部を一座で保管することになっていたから、人気のある作品は正式に出版される前に、よく海賊出版されたのである。

ハムレット像（ロイヤル－シェイクスピア劇場の庭園）

初演で主人公を演じたのは、バーベッジだったらしい。今日のハムレット像は、繊細で神経質なすらりとやせた青年と、相場が決まっている。しかしながら、バーベッジは背の低い、小太りの体形であったと言われている。だとするとイメージはかなり違ってくる。レアティーズとの試合の場面で、王妃がハムレットのことを、「'fat' で息を切らしている」と述べる箇所がある。この単語には幾つかの意味が考えられるが、おおむね肉付きの良さと関係のある語であると考えられる。シェイクスピアが、いかに彼の一座の現状に即した作品制作をしたのか、ここから垣間《かいま》見ることができる。

問題劇『トロイラスとクレシダ』　理想を持ちながらも倒れてしまうハムレットの姿は、悲劇的人物像の典型とも言うべきものになった。主要な登場人物が、野望の挫折や運命の苛酷《かこく》に会って、ことごとく死を迎えるという筋も、いたって悲劇的な結末である。観客はそれを素直に堪能《たんのう》することができる。なぜならば、それは、悲劇的結末の中にも、美しさがあるからにほかならない。そのような結末にならざるを得ないような必然、言いかえれば、観客が悲劇は悲劇ながらに納得するような、完結感があるのである。

悲劇の制作と平行して、一六〇二年頃からの二年間ほど、シェイクスピアは難解な三つの作品を制作していた。『トロイラスとクレシダ』は、その一つである。『終わり良ければすべて良し』や、『尺には尺を』という作品が、これと前後して書かれている。いずれも難しい作品で、今日ではそれぞれ、問題劇という異名で呼ばれたりしている。

ではいったい何が問題なのかと言うと、作品に接した後に、一件落着した爽快《そうかい》感がない。悲劇とか喜劇とか言って割り切れないものが残ってしまう。その結果これらの作品は上演の成功が難しくなり、今日、シェイクスピア作品の上演は非常に多いにもかかわらず、取り上げられる回数がきわめて少ないのである。しかしながら、公演が難しいといって、作品が悪いとは決して言えない。むしろ、これらの作品には、複雑で屈折した人間観が盛り込まれ、作品世界を深めているのである。

『トロイラスとクレシダ』の話の筋は、トロイ戦争に題材を採った叙事詩的プロットと、トロイ王子トロイラスと恋人クレシダの恋愛模様を描いた、抒情的プロットでできている。絶世の美女ヘレンの略奪から起こったトロイ戦争は、それ自体が、西洋古代世界の伝説的一大叙事である。そこには、人間でありながらオリンポスの神々と同席する、優れた人々が登場してくる。ヘクターやアガメムノン、アキリーズやユリシーズなどの、この作品に登場する人物は、西洋の人々ならば、英雄として知らない人がいない人物像である。シェイクスピアはいわば、人間の理想像とも言うべき人々を題材に採ったのであるが、彼の制作意図は決して、おおらかに人間讃美をすることではなかった。登場する歴史上の英雄たちは、英雄的でありたいと望みながらも、そうはなり得ないように描かれている。主人公の恋人たちにしても、相愛の仲にもかかわらず、純粋な恋愛の高みに到達することがない。彼らは肉体の楽しみは得るのであるが、その恋はむしろ不安定さに彩られている。制作者としてのシェイクスピアは、当時、現実を苦々しいものとして捕らえる視点に立っていたのである。

作品は古い叙事詩を材料にして制作されている。作品の時代背景は、トロイ戦争の七年目。戦況は膠着状態《こうちゃくじょうたい》。トロイの都は、ギリシア軍に包囲されている。トロイ王子の一人トロイラスは、姿が美しいばかりか武勇にも優れている。彼は味方の、美しい娘クレシダに激しく恋している。一方、クレシダも、内心秘かに彼に好意を抱いている上、彼の恋心に気付いてもいる。だが、彼女は本心をなかなか打ち明けないでいる。トロイラスの兄ヘクターは、名高い英雄で、戦況を好転させるため、敵方に一騎打ちを申し込む。目指す相手はアキリーズである。だが、ギリシア方はアキリーズを差し向けてこない。敵軍内部にも仲間どうしの不平不満がたまっているのである。ギリシア方からはヘレン返還の要求が届くが、トロイ軍は戦い抜く覚悟でいる。その間にトロイラスとクレシダは、彼女の伯父パンダラスの手引きで、ある夜、結ばれる。翌朝、新婚の二人をパンダラスがからかっていると、ギリシア方からの知らせが届く。ギリシア方に味方していたクレシダの父を通じて、彼女と交換にトロイの武将を釈放すると言ってきたのである。初めは拒絶していたものの、クレシダはとうとう、ギリシア方に赴くことになる。敵陣での彼女への歓迎は熱烈であった。彼女は居並ぶ英雄たちから、次々と接吻の歓迎を受ける。中でもダイオミーディーズは熱心で、彼女は求愛を受け入れてしまう。兄のヘクターの一騎打ちに立ち会うため敵陣にやって来たトロイラスは、彼女の不実を目撃してしまう。恥辱と憤怒で、やり切れない苛立《いらだ》ちに追い込まれたトロイラスは、ダイオミーディーズを戦場で倒すことを誓う。戦闘が再開される。ヘクターは激戦の合間に、甲冑《かっちゅう》を外して休んでいるところを斬殺《ざんさつ》され、死体は馬の尾に縛り付けられ、戦場をひきずり回される。トロイラスもダイオミーディーズと戦うが、決着はつかずじまいである。ヘクターの死で大きな痛手を被ったトロイ軍は、トロイへ戻ることになる。以上が話の筋であるが、英雄伝説に反して、全篇は強い幻滅感で覆われている。

作品の冒頭にはプロローグが、付け加えられている。その一節の「戦争の始めの部分は省略し、一つの芝居に収まるところでお話しましょう」という内容の言葉は、この作品の特徴を簡潔に伝えるものとなっている。実際のトロイ戦争は一〇年間続いたと言われる。シェイクスピアが選んだのは、この偉大な戦争絵巻きの発端でもなければ、終結でもない。始まりも終わりもない中間部である。しかもそれは、戦争が慢性化した時期であった。陣中には不満も起これば、仲間どうしの謗《そしり》も横行している。きわめて平凡な、卑小な世界なのである。人間の現実には、とかく割り切れない事柄が多い。日常生活はある事柄から次の事柄へと、とめどなく過ぎていく。およそ、ドラマチックとは言い難い世界である。そこにはもはや、英雄もいない。不意打ちに会って死体をひきずられる英雄や、恋の怨みを晴らせない英雄などが、この作品には登場するが、これらの人物像は、決して英雄的ではない。作者は古代の英雄世界に話題を借りながらも、理想的人物像のかげに、人間世界の本質を描いてみせてくれたのである。

新国王と国王一座

一六〇三年三月二四日未明、エリザベス女王がこの世を去る。女王の治世は足掛け四五年。ほとんど半世紀に及ぼうとしていた。宗教改革後、ヨーロッパは断えず不安定に揺らいでいた。フランスではユグノー戦争が起こり、神聖ローマ帝国でも宗教戦争の余波が波紋を残している。宗教上の動揺が、政治にも影響を及ぼす。その中で、一イングランド王国が、さしたる混乱もなく安定と繁栄の道を歩むことができたのは、女王の生涯を賭けた渾《こん》身《しん》の努力があったからであった。即位の時に廷臣に向かって宣言したとおり、彼女はまさにイングランドという国家と結婚し、生涯を共にしていた。

その女王の逝去《せいきょ》ともなれば、国民・臣下の注目は、王位は誰が継ぐかという問題に注がれる。女王には子供がなかったから、一同の気がかりも一層大きかったと察しがつく。死の床に横たわる女王の回りには、主要な臣下が皆つめて、彼女の一言を待ったという。その注目の中で、結局、ジェイムズ六世が選ばれた。彼はスコットランド王位にあり、女王の血縁に当たる。三〇歳代半ばという人物であった。ジェイムズ六世のもとには、ただちに急報が届く。イングランド王国の後継者となったことを知ると、王は一行を引き連れて、ゆっくりと旅路を楽しみながらやって来た。国民は新国王の到着を大歓迎で迎える。陰謀も暗殺もなく、彼はイングランド国王ジェイムズ一世として、穏やかに着任した。国内を統一し、王国の基盤を築く偉業を仕上げたチューダー王朝は、こうして幕を閉じ、スチュアート王朝の新時代が始まることになった。

ジェイムズＩ世

国民は新国王を期待とともに迎えたのだが、その期待は、想像どおりにかなえられたとは言い難い結果となった。既に国王としての経験を積んではいたものの、彼は、実生活からかち得た認識にもとづいて行動する人物ではなかった。王としても実務派ではない。「皇帝の中の皇帝」と自認して、王権神授説を強く唱える。特定の寵臣に商業上の独占権を売って、偏愛する。さらに宗教上・外交上の政策は議会の関与すべき事でないという意見を述べては、議会との対立を深めた。その一方で彼は、『独立王権の法則』や『タバコへの反論』を著作出版。いわば学者肌で、高尚な貴族趣味の理論家であった。この国王が、国民にとって、先代の女王と比べると英雄的生彩を欠いて見えたとしても、仕方がなかった。

けれど一面において、彼は演劇界にとっては鷹揚《おうよう》な保護者でもあった。エリザベス女王は演劇好きの政治家であったが、ジェイムズ一世は熱心な芸術愛好家として、演劇を庇護《ひご》したのである。王の即位後、主要な劇団は、ほとんどが王族の庇護を受けるようになった。シェイクスピアにも、国王の庇護は大きな影響を及ぼした。国王は国内随一の技量を持つ劇団を物色し、宮内大臣一座のパトロンとなることに決めた。ただちに勅許状が発せられ、宮内大臣一座は国王一座として、新たに生まれ変わることになったのである。これが国王のロンドン到着から、まだ二週間もたたないうちの出来事である。

国王はたびたび一座を宮廷に招き、御前公演を楽しんだ。シェイクスピアの作品も次々と上演される。『間違いつづき』や、『ウィンザーの陽気な女房たち』、『オセロ』や『ヴェニスの商人』などが、宮廷での演目に入った。

国王のお抱え一座の座付き作者となったシェイクスピアは、いわば劇作家ナンバーワンである。宮内大臣一座で活動を始めてから一〇年ほど、ロンドンに来てからは二〇年ほどの年月が経っていた。二〇歳で就職した青年が、自らの度量とアイデアでヒット商品を飛ばし、四〇歳で先端業界のトップに躍り出たようなものであった。

国王に仕える身分になったことで、シェイクスピアの生活も新しい変化を示す。王の下僕として、以前にはなかった公的業務が加わってくる。時には重要な外交使節を王の命により、もてなす役目も回ってきた。一六〇四年には、スペイン大使がイングランド宮廷を訪れている。両国間の関係が磐石とは言えない時期だけに、諸外国からの数ある来訪者の中でも重要人物である。イングランド宮廷としても大切に対応しなければならない。この大使の一行に、一座の面々が一八日間、仕えたのである。シェイクスピアも、この中にいたであろう。外交上の折衝には宮廷の最重臣ロバート＝セシルが当たる、重要会議であった。

一六〇三年から翌年にかけて、ロンドンは再びペストの大流行に襲われた。市民の七人に一人が、命を落としたとも言われている。

大変な危機であった。劇場は閉鎖され、再度、難渋を忍ばなければならない期間がやって来た。国王はこの時、一座に宮廷上演をさせ、三〇ポンドを下賜している。一座の維持のために役立ったであろう。王室の浪費は、議会では批判の的であったが、演劇界には援助ともなった。

演劇の流れも時代にあわせて変化していた。国王は華麗な仮面劇を好んだ。彼はジョンソンを宮廷仮面劇作者として、仮面劇の制作に当たらせた。舞台制作にはイニゴー＝ジョーンズが腕を振う。この人はイングランドに初めて、今日、一般的となった額縁舞台を導入することになった。新しい演劇潮流が生まれつつあった。シェイクスピアは仮面劇の制作をすることはなかったが、演劇の流れを敏感に察知し、新しい要素を次々と、作品に盛り込んでいった。彼の後年の作品群の幾つかに、仮面劇的な雰囲気が漂っているのは、新しい演劇の可能性に彼が目を向けていた点に、一因がある。仮面劇の上演には莫大《ばくだい》な費用がかかった。国民の日常生活にとっては、無駄と映る出費であったであろう。だが国王はこの娯楽を楽しんだ。そこから新しい演劇の芽が出ていくことになった。

『オセロ』

演劇好きの国王をパトロンに持ってからの一座は、以前にも増して宮廷公演を行うようになったらしい。当然、シェイクスピアの作品も、幾度も上演される。古い作品も演じられたが、新しい作品も制作される。『オセロ』もその一つであった。一六〇四年一一月一日に、ホワイトホール宮殿で、一座は『ヴェニスのムーア人』を上演している。これが『オセロ』である。シェイクスピアが制作に当たったのは、上演の少し前のことだったらしい。『ハムレット』で理性的な理想主義的青年を描いた作者は、『オセロ』では豊かな情緒の世界に生きる、中年の男性を創造した。この作品にくり広げられているのは、個人的な愛情生活の問題である。主人公のオセロは軍人に設定されている。しかし彼は、軍事的政治的な行動を取るようには、決して描かれていない。彼は将軍という要職にはあるものの、もっと個人的な人生に強い興味を持っているのである。彼の理想とする人生は、深い愛情で結ばれた妻と共に、自分にふさわしい生活をすることである。ところがそれを妬《ねた》む者が出てくる。一個人が愛情を大切に思うことは永遠不滅のテーマである。同時に、貴重な愛情ほど壊されやすく、悲劇的であることも、遍在の認識であろう。それだけに、この作品は観客の心情に率直に訴えかける力を持っているのである。そのためこの作品は、幾度となく映画化され、オペラ作品ともなって、演劇ファンのみならず、広く人々を魅了し続けている。

作品の舞台はイタリアに置かれている。東洋と西洋の接点にあって、交易で栄えるヴェニスは、国の守備にムーア人の傭兵将軍を当たらせている。この将軍が主人公オセロである。ヴェニスはいわば、国際商業都市で、地理的には東方の大国トルコの脅威に曝《さら》されているため、優れた軍人であるオセロを、将軍として置いているのである。

この作品制作に際してシェイクスピアが参考にした原典は、『百物語』という物語集であった。これは彼が生まれた翌年に発表された、ジョバンニ゠ジラルディというイタリア人作家の作品で、シェイクスピアは、物語展開の素材としてこの物語集が気に入っていたらしく、一度ならず自作に取り入れている。原典の物語は、肉欲と強欲に満ちた、凄惨《せいさん》な妻殺しの話であったが、彼は主人公に高潔な人格と、複雑な心理的葛藤《かっとう》を与えて、嫉妬《しっと》に苦しむ人間の悲劇に仕上げた。

ヴェニスの守備将軍オセロは、ムーア人（黒人）の出身である。彼は、自らの器量の広さと、武人としての実力で、波乱と冒険に満ちた半生を送ってきた。今はヴェニスの平安のために奉仕する立場ではあるが、もとを正せば王侯の血統。人格も優れ、高潔にして勇敢。ヴェニスの貴族たちにも、立派な人物として信頼があつい。彼には秘かに結婚したばかりの妻がいる。元老院議員ブラバンシオの娘デズデモーナである。娘が結婚したこと、しかも相手がオセロであることを知らされたブラバンシオは、激怒し、オセロ排斥を試みて元老院や公爵に訴える。けれどデズデモーナは、自分がいかにオセロの人柄を信じ、深く愛しているかを人々に説く。これは彼女が自ら望んで選んだ結婚なのであった。ちょうどその時、トルコの来襲が知らされる。オセロは急ぎ、キプロスに出動することになる。夫を慕うデズデモーナも後を追うようにキプロスへと向かう。

一方、オセロの部下のイアーゴーは、オセロが自分を副官に選ばなかったことが面白くない。オセロと美しいデズデモーナが、完璧《かんぺき》な愛情生活を送っているのも気に食わない。彼はデズデモーナが副官キャシオと密通していると、オセロに吹聴《ふいちょう》し始める。オセロは歯牙にもかけない。だがイアーゴーも巧みに攻撃を続ける。作品中のちょうど中間に当たる三幕三場は、イアーゴーのオセロ籠絡《ろうらく》の場面に費やされ、「誘惑の場」として名高い。この場でオセロは、とうとう妻の不貞を信ずるに至る。作品の後半でこの主人公が体験するものは、疑惑と、逆にそれを否定したい渇望との、葛藤の地獄である。彼は妻を疑い、結婚を疑い、自分の人生の価値を疑って苦しむ。次第に自分を失って、彼は、寝台に横たわるデズデモーナを絞め殺してしまう。その直後、イアーゴーが捕まり、不貞が事実無根であることが明らかになる。オセロは遠い昔の思い出話をしながら、短剣で自らを刺して死ぬ。

この作品では、幕開きから閉幕までの作品中の時間は、三日間しか経過しない。きわめて短時間のうちに、さまざまな出来事が起こるのであるが、観客は時間経過をほとんど感ずることがない。主人公二人の相愛の純粋な愛情も、その破壊も、むしろ永遠の時間の中に封じ込められている感すらある。舞台が開幕の後、間もなくヴェニスの現実的喧騒を去ってキプロスに移るのも、主人公の心理的葛藤にスポットライトを当てるためであるとも考えられるのである。

オセロが疑惑に翻弄《ほんろう》されながら、徐々に孤独な存在になっていく姿は、作品世界に苦悩の影を落としている。それと同時に薄幸なデズデモーナの末路も、観客に忘れ難い悲哀を感じさせる。自らの死を予感するように、就寝前に彼女が歌う唄は、報われない純愛によって受ける心の傷を歌っている。この唄は「柳の唄」として人々の心を打ち続けている。

あわれなあの娘《こ》は座ってた　カエデのそばで溜息《ためいき》ついて
うたえ青い柳
その手は胸に置いていた　膝には頭を乗せていた
うたえ　柳　柳　柳
きれいな小川がすぐそばであの娘《こ》の嘆きを囁《ささや》いた
うたえ　柳　柳　柳
あの娘《こ》が涙を流すとき石まで悲しく泣いていた
うたえ　柳　柳　柳
柳が私の髪かざり
あの人を誰も責めないで　因《もと》は私のせいだから
あの人に不実とすねてみせたら　返事に何と言ってきた？
うたえ　柳　柳　柳
おれが女をくどいたら　お前も男と寝ればいい

『リア王』

四つの悲劇の制作に当たっていた前後の時期は、創作家シェイクスピアの絶頂の時代であった。彼は時を空けずに、次々と作品を生み出していったばかりか、各作品はそれぞれが、広遠深大な精神世界を湛《たた》えている。イギリス文学のみならず、世界の文学を見渡しても、一人の作家が質量ともにこれほど充実した創作活動をした例は、きわめて少ないのである。まさに文学を愛するその後数世紀の人々にとって、この時期はかけがえのない数年間となった。

一六〇六年と思われる時期に、シェイクスピアは悲劇『リア王』を制作した。親不孝の悲哀を、骨身にしみて舐《な》めつくす老人の話である。シェイクスピアは若い頃から老人を描くことに興味を持っていた。俳優が全員男性に限られていたため、老女よりは老人の方が演じやすかったという事情もあったかもしれない。老人と言っても、今日よりも若くして老年と考えられたから、長寿社会となった現代的感覚で考えれば、中年と思えるような人物像もある。しかしながら実に多くの作品に、これらの人々が登場してくるのである。彼らは直接には主筋にかかわらなくても、遠景の要所要所に置かれて、作品世界に生彩を与えている。老若男女を問わず、現実世界をありのままに作品に写し出す作者の手法が、そこにあった。リア王は、その老人像の中で、最も大きな存在と言える登場人物となった。

作品制作に当たり、シェイクスピアは再び種々の種本を参考にしているが、各々の原典のおおもとには、中世以来、伝説的に語り継がれたレア王という人物の話があった。これがこの作品の主人公の原型となったのである。それまでの数世紀の間、次々と作家に取り上げられた人物像を、シェイクスピアは再考し、補強して練り上げていった。レア王の初期の作品では、王国を分割したレア王は、三人娘のうち二人の娘の親不孝に苦しめられるが、最後には王座を回復する。いわばハッピーエンディングである。シェイクスピアは、それを悲劇的な結末に変更した。彼のリア王は王座に戻ることがないし、辛酸《しんさん》の末に死を迎えなければならない。一人だけ純真であった娘も無惨に殺される筋である。彼が描いたのは、あくまで容赦のない、苛酷《かこく》な現実の世界であった。伝説的・寓意的世界は、シェイクスピアに至って、生生しい生命を持った人間世界として完結したのである。

この時、シェイクスピアは四二歳であった。彼自身が、そろそろ初老にさしかかろうという年代である。主人公のリアは八〇歳の老人として登場してくる。シェイクスピアの父が他界したのは七〇歳代前半だったらしいが、それでもかなりの高齢であった時代だから、それから考えると八〇歳という年齢設定は、大変な老人ということである。並外れて高齢ではあるが、実現不可能というほど現実離れはしていない。かと言って、四二歳になった我が身の二倍もの年齢であるから、どこか象徴的老年でもある。作者がなぜ主人公を八〇歳にしたのかは推測するしかないのであるが、あるいはこのようなことが、理由になっていたのかもしれない。事実、作品中には、主人公の個人的性格から起こる事件に託して、普遍的老人のさまざまな有り様が描かれている。主人公は劇中の一登場人物にすぎないのであるが、ある意味では、同時に、人間の生涯の終局の姿を描き出してもいるのである。

物語の主要なモチーフの一つは、子供の裏切りである。これを強調するために、この作品ではダブルプロットの手法が用いられている。主筋と副筋の二つ（ダブル）の話（プロット）が組み合わされている形式である。ここでは、二人の娘に裏切られるリアの悲劇が主筋で、息子に欺かれるグロスター伯の悲劇が副筋となっている。

リアはブリテンの老王である。余生を静かに過ごそうと考える彼は、三人の娘に国土を分け与えることにする。三人のうち上の二人の娘は、見事な口調で愛情を述べて領土を獲得する。しかし、末娘のコーディリアは、うまく父への思いを語ることができない。激怒したリアは、彼女を無一文で勘当してしまう。忠臣ケント伯が取りなそうとするが、逆に彼も国外追放の宣告を受ける。コーディリアはフランス王の求婚を受け入れて、故国を去って行く。リアは供の騎士一〇〇人を連れて、残った二人の娘夫婦の屋敷に、交替で滞在すると宣言する。

一方、リアの家臣グロスター伯には、エドガーとエドマンドの二人の息子がある。弟のエドマンドは知能明晰、容姿端麗。だが、私生児であることを恨んでいる。彼は、兄が父親暗殺を企てているかのように、策略で父親に信じ込ませる。グロスターは全国に追っ手をかけて、エドガーの命を狙う。

リアは娘たちの屋敷で暮らし始めているが、彼女たちは、彼を冷淡にあしらう。耄碌《もうろく》した父親に、

ロイヤル-シェイクスピア劇団『リア王』の一場面

好き勝手にされては困るのである。彼女たちは秘かに裏で手を結んでいる。リアは想像もしなかった悲哀と苦しみを体験する。彼の王としての誇りや、父親としての自信が、どれほど切り裂かれたか測りしれない。一〇〇人の従者も五〇人、二五人と減らされ、とうとう誰一人いなくなる。そのうえ嵐の夜、木立ち一本ない荒れ野に彼は放り出されてしまう。王としての誇りだけは捨てまいと、必死に自らを奮い立たせようとするリアだが、次第に狂気が彼の心に忍び込んでくる。彼は吹き荒れる嵐や風や雨に向かって挑みかかる。この嵐の荒れ野の場面は、猛り狂うリアの心象風景と自然界の有り様が対抗し合い、呼応し合う場面として、全作品の中でも名高い場所となった。嵐の中でリアは、裸でずぶ濡《ぬ》れの狂人乞食に出会う。リアの供をしているのは、道化と新参の家来の二人だけである。かつては威容を誇ったリアも、自然の前にはもはや、単なる一人の人間にすぎない。彼も狂人の乞食も同じである。彼は、その人間としての真実を、この嵐の夜、悟るのである。

一方、リアを救おうとしたグロスターにも、悲惨な体験が待ち受けている。エドマンドから密告を受けた、リアの次女リーガンは、グロスターを椅子に縛りつけて、夫と共に彼の眼球に爪を立てて抉《えぐ》り出す。今やグロスターは追い出され、エドマンドが、父親の伯爵位を継いでいる。自らの家を追われたグロスターは、盲目になって初めて真実が見える。彼はドーヴァへの道をたどって行く。そこには、父親を救おうとコーディリアが、フランス軍を率いて上陸しているはずなのである。

ブリテン軍も、エドマンドに率いられて軍勢が集結する。狂人になったリアの面倒を見ている新参の家来は、実は変装したケント伯である。彼はコーディリアのもとに、リアを送り届けようとしている。ブリテン軍とフランス軍の決戦の火蓋が切って落とされるが、フランス軍はあえなく惨敗する。エドマンドは素早くリアとコーディリアを捕まえ、牢につなぐ。エドマンドの愛をめぐって、リーガンと姉のゴネリルは憎み合っている。戦場の陣地で、ゴネリルは隙を見てリーガンを毒殺する。勝ち誇るエドマンド。愛人を得るためには妹の殺害をも辞さないゴネリル。まさに人間の権力欲と情欲を象徴する場面である。だがここで、鎧《よろい》に身を固め、顔を隠した一人の騎士が、エドマンドに挑戦する。エドマンドは受けて立つが、とうとう、その見知らぬ騎士に倒される。騎士は狂人乞食に身をやつして追っ手を逃れていた、兄のエドガーであった。いまわのきわにエドマンドは、牢獄につながれたリアとコーディリアを、秘かに殺害するよう命令を出していたことを、告白して死ぬ。急いで人が送られるが、間に合わない。リアがコーディリアの死体を抱いて現れる。彼女を絞殺した男を殺して、牢から出て来たのである。変転と狂気の果てに、ようやくたどり着いたコーディリアとの和解は、リアにとって天上の喜びであった。「二人だけで籠《かご》の小鳥のように唄を歌おう」。牢に引かれて行く時の、リアの安らぎに満ちた心情は、この言葉に現れている。だが今、再び彼は最後の安堵《あんど》をも奪い尽くされた。「犬も、馬も、ネズミも命を持っているのに、もうお前は息をしないのか? 二度と帰って来ないのか、……」リアの最後である。

この作品は一六〇六年一二月二六日に、ジェイムズ一世の宮殿で御前公演されている。リア役を演じたのは、やはりバーベッジであっただろう。国王の面前で、国王が辛酸をなめた末に死ぬ芝居の上演を許したのであるから、その点では新国王の宮廷は、きわめて雅趣に富んでいたと言えよう。この作品は宮廷にも、時代にも鷹揚《おうよう》に受け入れられたのである。

いったい当時はどのような演出だったのであろうか。いずれにしてもその後、この作品には上演不可能論が出るに至った。理由はさまざまである。一つは、主人公の変転する世界の落差があまりに大きいこと。言い換えれば、これは、リアのさ迷う精神世界が実に振幅が広く、きわめて優れた技量を俳優に要求するということである。今日ではわが国でも、シェイクスピア作品ラッシュとも言える演劇事情にもかかわらず、この作品の上演は意外に少ない。次の理由は、この作品の呈示している人生観の暗さである。人間は所詮、裸の二本足の存在にすぎない。それが人間の自然である。衣服の一枚にしても、既に社会的なものである。人為というものである。人間社会では誰もが、その人為を積み重ねて人となっていく。平たく言えば、人の一生は、「この世はすべて舞台。男も女も役者」なのである。リアはその中でも、最も成功した人物像であった。ところが彼は自分の衣装を脱ごうとする。そして社会的には、自分というものを失っていくのである。王冠を娘に譲った瞬間から、彼は彼自身の「影ぼうし」になってしまうのである。彼は娘たちの迫害を契機に、人間としての自然を追求するようになっているが、それは、同時に、一個の社会的存在が傷つけられ、否定され抹消される過程として、作者は描いてる。リアの悲劇は、社会的な存在でありたいと望みながらも、そうはなり得ない決断を自らしてしまった点にある。

作品の結末にはいろいろな意味あいが込められているので、解釈の方法は人さまざまで自由である。だが、この結末に明るさを見いだす人は皆無と言って良い。リアには生や性への激しい衝動が、時折、現れるが、それも消えていく生命への苛立《いらだ》ちとしかならない。このような結末を好まない人々もあった。そのため、何と一七世紀末から一九世紀半ばまでの一世紀半もの間、この作品は原作とは似ても似つかない、幸福な結末に改作されて演じられることになった。その時代の人々には、主人公の存在を否定してしまう作品の世界観が許せなかったのであろう。果たして今日ではどうであろうか。しかしながら、作者は、安心感を伴う結末を安易に求めることはしなかった。ロマンチックな観念的結末をはるかに越えて、厳しい人間観察に徹したのである。その結果、この作品はまれに見る広大な宇宙を湛《たた》えることになったのである。

『マクベス』

『リア王』と前後して、もう一つの悲劇が制作された。『マクベス』がその作品である。悲劇の中では最も短く、『リア王』と比べれば、こじんまりとはしているが、主人公の心理描写に大胆な手法を用いた佳作である。全篇には、至る所に、魔女や幻影や亡霊などの超自然的存在が登場してくる。伝説や伝承などの豊かな空想世界を持っていた時代柄では、魔女も亡霊も、人々の生活の中で日常的に親しまれている。だがこの作品にこれらの存在が多く登場するのは、作者がこれを信じていたからではない。彼は超自然的存在の信仰の背景にある人間心理を、抜かりなく見抜いて、豊かな感受性を備えた主人公像を作り上げていったのである。フロイトは深層心理分析に夢を用いたのであるが、この主人公の見る超自然物は、彼の内的世界を表象している。その意味でもこの作品は、きわめて近代的特徴を備えているとも言えるのである。

主人公のマクベスは、野心の遂行のために暴挙に出て、結局は自滅してしまう人物として描かれている。物語の筋は、次のような展開で構成されている。

マクベスはスコットランド王の血縁であり、優れた武将でもある。彼は武将のバンクォーと戦場からの帰途で、不可思議なものを目撃する。それは無気味な三人の魔女で、将来、彼が王座に着くこと、王位はバンクォーの子孫が継ぐことを予言して、空中に姿を消す。彼は予言の真意をつかめないままでいるが、彼の居城に国王ダンカンが来訪することになる。魔女の予言のことを、夫からの手紙で知ったマクベス夫人は、夫の人情家の心情を野心へと奮い立たせようと考える。その夜、

ロイヤル-シェイクスピア劇団『マクベス』の一場面，マクベスとマクベス夫人

国王を暗殺することになる。暗殺を実行すると決心しながらも、マクベスは夜までの数時間、思い悩む。それは、あらかじめある時点での行動が決められている人物が、それまでの一瞬たりとも、そのことを忘れて過ごすことができない状態と、同種のものである。彼はひたすら、ダンカンを殺すという一点の回りで、不安と決断にさいなまれるのである。翌朝、国王が殺されているのが発見される。城内は大騒ぎになる。王の部屋付きの二人の従者に嫌疑がかけられ、マクベスは、彼らを犯人として殺す。彼は今では魔女の予言どおり、国王になった。ダンカンの二人の息子は父親が殺されると、こっそり国外に身を隠してしまった。だがマクベスには、次の不安が起こってくる。せっかく手に入れた王座を、バンクォーの子孫に奪われるのではないか。彼は暗殺者を雇って、バンクォー殺害を実行する。宮殿ではその間、新王を祝う宴が張られ、臣下が一堂に会している。マクベスはその席で、突然正気を失う。彼にはバンクォーの亡霊が見えるのである。臣下の間には、次第に彼への疑いが広がっていく。マクベスは安心して王座に座るためならば、もはや何事も躊躇《ちゅうちょ》しなくなっている。彼は再び魔女

の予言を受けているのである。それは、女が生んだ者にはマクベスを倒すことは出来ないし、バーナムの大森林が動かない限り、彼は決して滅びないという予言であった。彼は、自分に従わず逃亡した武将マクダフの妻子をも暗殺する。国外に逃れていた先王の息子は、マクベス打倒の兵を挙げる。いよいよ決戦となる。マクベスの軍勢は不利だが、彼は予言の言葉を信じて、戦い続ける。その中でマクベス夫人が息を引き取る。精神に混乱をきたしていた彼女は、妄想に苦しんだ末、とうとう息断えたのである。これも時間の流れの中に組み込まれた予定の一つにすぎないと、マクベスは思う。だがその時、バーナムの森が動いているという報告を伝令が伝えてくる。耳を疑うマクベス。絶望的に激しく戦う彼は、マクダフと剣を交える。女から生まれた者には敗れないと、今だに予言を信じて、マクベスはたかを括《くく》っている。しかし彼は、マクダフに倒され首をとられる。バーナムの森が動いたのは、兵隊が森の木の枝を切って、頭上にかざしながら進軍したのであり、また、マクダフは女が生む前に、月足らずで母親の腹を裂いてこの世に出てきたのであった。マクベスの野望は、こうして砕かれた。

この作品展開の中では、全篇を通して、魔女の予言が重要な役割を果たしている。では、いったいこれらの予言には、どのような意味があるのであろうか。さまざまなことが考えられるが、その一つは、魔女の予言を聞いたことで、マクベスの人生の目的が決まってしまったということである。目的が決まれば、人間はある一定の時点までに達成を目指す。時間との競争が始まるわけである。

事実、この主人公は、自らの人生の時間の中で困難な目的を果たそうと、常に追われている。「やってしまえば、それですべて終わったことになるのなら、早くやってしまった方がいい。」彼のこの言葉は、時間の流れを意識して生きている人間の姿を、端的に表している。しかしながら、時間の流れを意識し、それにとらわれた人間存在に、真に自由で解放された人生があるのであろうか。文字どおり、坂道を転がり落ちるように、次々と悪事を重ねた主人公は、結局、本当に自由には、自分の人生を掌握していなかったという認識にたどり着く。妻の死の知らせを聞いて語る一節が、主人公のこの認識を表しているが、これは全篇の中でも最も美しい詩であり、他の全作品の中でも、最も世界中の人々に親しまれているものの一つとなっている。

明日、また明日、さらにまた明日が
一日から次の一日へと小さな足取りで過ぎていき、
定められた時間の最後の一小節にたどり着く。
昨日という日は愚かな者に、人が塵に姿を変える死への道を照らしてきたのだ。
消えろ、消えろ、つかの間のともしび！
人生は歩き回る影法師にすぎない、あわれな役者が、
舞台の上で持ち時間の間だけ　もったいぶって歩いたりわめいたりはしているが、
出番が済めばあとは静か　まるで

白痴のしゃべる話だ。音や騒ぎばかり高いが
何も意味はありはしない。

シェイクスピアの作品の登場人物には、端役はないとよく言われる。どのような人物像を描く時も、彼はその人物なりの存在感というものを、ないがしろにはしなかった。登場人物たちは各々が、自らにふさわしい、生き生きとした言葉を与えられている。それが美しいのである。たとえ罪を犯した人物像でも、多くの人々が心から共感することができるのは、作者が善悪の彼岸《ひがん》に立って、人間存在をありのままに描く姿勢が、真に深い同情となって作品に現れているからではないだろうか。単に道徳的・倫理的価値判断を超えた作品の意義が、そこにある。

シェイクスピアはこの作品で初めて、スコットランドの歴史に題材を採った。種本となったのは、ホリンシェドの『歴代記』である。『リア王』同様、この作品も宮廷で上演されたらしい。国王はスコットランド出身であったし、時代をさかのぼればバンクォーが祖先であったから、まさに好材料の話題であった。

時間をどう理解するかということは、現代文学の大きな問題の一つである。多くのSF作品や、幻想的小説なども、そこから生み出されている。どのような種類の作品になるにしても、その根幹には、生活の中で断え間なく時間を意識している近代人の姿がある。マクベスは、四〇〇年近くも昔に生み出された人物像でありながら、その意味で、近代人のさきがけとなったのである。

作品制作は一六〇六年だったらしい。『マクベス』の制作の終了で、現在よく四大悲劇と呼ばれている四つの悲劇が完成した。この主人公は恐らく中年であろうから、ハムレットに始まってリアに終わる、青年・中年・老年の悲劇が完了したことになる。

波なす大海原を血の色に

言葉は時間の経過につれて、次第に新しいイメージを表現するようになる。以前は小さな範囲の意味にしか通用しなかった言葉が、ニュアンスの幅を広げて、豊かに変化していく。その一語にとっては、新しい時代が始まるのである。

シェイクスピアは、言葉に新しいイメージを与えていった詩人であった。その一例をここで引いてみることにする。

『マクベス』の主人公は、きわめて豊かな想像力を持った人物として、全篇にさまざまな空想の世界を展開している。その彼が、短剣で、血のつながりのある国王を殺す。しかも国王が彼を信じ切っていることは、彼自身が十分承知している上での殺害である。おのずと、敢行後のマクベスの脳裏には、自らの行為が、ぬぐいたくても、未来永却《えいごう》決してぬぐい去ることのできないシミとなって残る。それを象徴するようにマクベスは、こう語る。

ネプチューンの海原のすべてをかければ
この手から血が落とせようか？　いや、それどころかむしろこの手が

波なす大海原を血の色に染め
緑を真紅に変えるだろう

シェイクスピアはこの一節で、大海の緑と血の真紅という鮮烈な色の対比を用いて、主人公の心の痛手の深さを解き明かしてくれている。ここで彼が用いた「血の色に染める」という単語は、それまでは「薄い桃色」とか「肉の色」という意味であった。それがこの一節では殺人の血と結びついて、清浄と生命の象徴である大海原をも、不浄の罪で赤く染める意味になった。もはやマクベスには、二度と救いはないのである。強烈なイメージであった。

この作品以降、この語には「血色に染める」という新しい意味が付け加えられることになったのである。日本語と同様に英語はもともと柔軟な言語で、発展過程を見ても、ラテン系の言葉や北方の言葉が交じり合って、ようやく現在使われている英語の基礎が出来上がっている。シェイクスピアは、それがさらに成長しようという時代に生まれて、言葉を今までになく豊かにしていったのである。

シェイクスピアの作品に接する楽しさの一つは、彼の言葉の豊かさにある。次々と果てなく広がるイメージや、言い得て妙の痛快さを、作品に接した人ならば誰でも感ずるはずである。

長女スザンナの結婚とブラックフライアーズ座

一六〇七年に入ると長女のスザンナが結婚した。相手はジョン・ホールという医者である。スザンナは二〇歳代前半。ホールは三〇歳代前

ホールズ-クロフト（長女スザンナの家）

半で名医として評判の人物であった。ケンブリッジで修士号を取得したホールは、後に臨床症例集を出版している。研究熱心だった彼は患者にも誠実で、一般庶民から貴族に至る多くの人々が、彼の手当てを受けている。

二人の結婚はホーリー-トリニティ教会で取り行われた。シェイクスピアの生涯は、ロンドンで仕事に費やす時間も多かったが、それでも彼がストラットフォードを忘れたことはない。自分が洗礼を受けたのと同じ故郷の教会で、娘が結婚の誓いを立てるのを見て、彼は何を思ったであろうか。

この頃までに彼はストラットフォード近辺に数か所の地所を持っていて、故郷の村で過ごす時間も以前より多くなったらしい。けれどそれでも、ロンドンでの活動をすべてやめてしまったわけではなかった。一連の悲劇や問題劇の制作を完了した後も、彼は意欲的に制作活動を続けている。ロンドンにいる一座も、ブラックフライアーズの劇場を第二の活動拠点に加えて、さらに新しい活動を開始する。シェイクスピアもストラットフォードとの交渉を増やしながら、一座の新しい局面に応じた創作活動を展開していくのである。

国王一座は一六〇八年頃から、ブラックフライアーズ座を使い始めた。今日では当時の劇場はもちろん、残ってはいない。けれどロンドンの地下鉄には、ブラックフライアーズという駅名が残っていて、大都市に成長した現ロンドンのおよその辺に、シェイクスピアが行き来していたのかを教えてくれる。

ブラックフライアーズ座がグローブ座と一番違っていた点は、屋根があったことである。つまりここは室内劇場であった。もともとは廃止になった修道院のホールを、バーベッジの父が劇場用に改修しておいた。縦六六フィート、横四六フィート。およそ二〇メートルと十四メートルの小さな空間である。中央が空に向かって抜けているグローブ座と違って、ここでは、ローソクの照明が用いられた。客席数は約七〇〇席。グローブ座のおよそ三分の一ないし四分の一ほどしかない。観客層も宮廷人や知識人が多くなった。つまりグローブ座の観客よりも概して上流の人々がここに足を運び、実際、入場料も格段に高かった。屋根付きであるから、外界から切り離された親密な空間で、平土間も立ち見ではなく椅子《いす》が置いてある。高級指向の劇場だった。ここは主に冬の間、使われた。

室内劇場を入手したことで、シェイクスピアがどのように作風を変えたか、それは明言し難いことである。一座は依然としてグローブ座も使っていたから、彼は両方の劇場の観客層と構造に適《かな》った戯曲を書かなければならない。しかしながら、これ以降の作品に、室内で演じられる方がより効果的と思われる場面が盛り込まれたのも、事実であった。

この前後から晩年にかけて制作された作品は、『アントニーとクレオパトラ』(一六〇六・七年)、『アテネのタイモン』、『コリオレイナス』、『ペリクリーズ』(共に一六〇七・八年頃)、『シンベリン』(一六〇九・一〇年頃)、そして『冬の夜ばなし』と『あらし』が一六一一年であったと思われる。とりわけ『ペリクリーズ』以後の四作品はいずれも、悲しみを通過することで、限りなく温かい和解へと作品世界が導かれていく物語展開を備えていて、浪漫劇と呼ばれている。たしかに浪漫劇は悲劇で開始されるが、最後は喜劇に至り、全篇としては悲喜劇として構成されている。苛酷で容赦のない悲劇的状況を描き尽くしたシェイクスピアは、この時期に至って、より安らかな明澄な世界に踏み入っていった。

『あらし』

シェイクスピアの活動が、エリザベス朝の他の劇作家と違う点は、彼のほとんどの作品が単独制作らしいという点にある。その頃は共作は常識のように行われたが、シェイクスピアは合作で作品を書くことは、あまりしなかった。だから、彼の一つ一つの作品の積み重ねは、シェイクスピアの劇作家としての人生の積み重ねなのだとも言えるであろう。

『あらし』はシェイクスピアが単独制作した、最後の作品であった。この作品には、可能な限りの演劇的趣向が凝らされていると言っても良い。作品の至るところに、音楽や唄がある。踊りがある。これらが貴重な宝石のように散りばめられ、作品世界を彩っているのである。宮廷で流行していた仮面劇の形式も取り入れられた。登場人物も大胆な設定で、人間界の存在のみならず、空気までが登場してくる。主人公の手下として働く空気の精や、未開の島の得体の知れない原住民。幻影として登場するギリシア・ローマの女神たちや、伝説上の怪物。これらが主人公を取り巻いて活躍する。人間精神の宇宙であろうと、自然界の宇宙であろうと、シェイクスピアの心の中に広がっていたのは、自由自在な大宇宙であった。古代神話の世界から、新大陸に至るまで、広大無辺の全時空を、彼の心は自在に駆けめぐっては、作品を構築していったのである。

物語は絶海の孤島に暮らす主人公が、故国ミラノへ帰還するまでを扱いながら、演劇についての寓意や、人生への省察にも満ちている。その意味でもこの作品は、これまでのシェイクスピアの作品の、総決算とも言える作品となっている。

作品の顚末《てんまつ》は未開の無人島で展開される。シェイクスピアがこの場面設定をした背景には、時代の新しい息吹きがあった。一七世紀の初頭は、イングランドをはじめとしてヨーロッパの列強諸国が、新大陸の植民によって国富の伸展に新局面を開こうとした時代であった。オランダやフランスと並んで、イングランドからも、アメリカ大陸や西インド諸島に向けて開拓植民の艦隊が出航していった。シェイクスピアの目も、この新しい国家的事業に向けられていた。艦隊を組んでの航海と言っても、当時はまだ海洋図も完璧《かんぺき》ではない。いわば手探りの命懸けの行為であった。国民の強い関心が航海の結果に向けられる。時には船は遭難して帰らないこともある。一演劇人であるシェイクスピアの身辺にも、航海のニュースが届いてくる。シェイクスピアはそれを、興味を持って受け入れ、作品化していったのである。

一六〇九年に、ヴァージニアのジェイムズタウンに植民地を開くために出航した艦隊が、途中で嵐に巻き込まれ、遭難するという事件が起こった。艦隊中の「海洋冒険号」は他の船舶とはぐれ、一艘だけ孤島に漂着した。この未知の島が、バーミューダであった。幸いにも島は天候が良かったため、乗組員たちは一〇か月ほどをこの島で暮らし、翌年になって、ようやく帰国することができた。彼らの生還は一大センセーションを巻き起こした。とっくに死んでしまったと思われていた人々の、波のかなたからの奇跡的な帰還に、国民は湧き立った。乗組員の一人は島での体験記を出版するに及んだ。シェイクスピアも、これを読んでいたのであろう。『あらし』の無人島の描写には、この体験記にもとづいた部分が見られる。そして、シェイクスピアがこの作品で描いた喜びは、何よりも、失われていた人々が再会し許し合うという、人間的な温かさにある。晩年に制作されたこの作品には、四つの悲劇のようなエネルギーに満ちた劇的世界はない。だが、この和解の幸福の美しさのために、この作品はいつまでも、静かに深く愛され続けている。

第一幕は大嵐の海で幕が開く。この嵐の中で、ナポリ王親子とミラノ公爵を乗せた船が難破しかかっている。実はこの嵐は、主人公プロスペローが魔法の力で引き起こしたものであった。船上の人々の苦難を見て、プロスペローの娘ミランダは涙を流す。彼女に向かってプロスペローは、初めて自分たちの身の上話を打ち明ける。それは一二年前のミラノ宮廷で権勢をめぐって起こった、裏切りの物語であった。学問に打ち込むプロスペローは、国事を弟アントーニオに任せていたが、ついに公爵位を奪われ、幼い娘と共に丸木舟で海に流されたのであった。かつての敵が、今や自らの手中にあることを知ったプロスペローは、学問の研究の末に身に付けた力で、和解を導くことにする。敵の人々は島でいろいろな困難にあった末、最後には、人間として謙虚な心を取り戻す。ようやく、かつての敵も味方も再会し、和解が取り戻される。ミランダはナポリ王子と結婚することになり、新しい世界の人々を希望を持って眺める。プロスペローも、ミラノ公爵としての本来の姿を取り戻す。以上が内容のあらましである。

作品の中で、シェイクスピアは、モンテーニュの『随想録』を参考にして、理想郷に関する数行を書き込んでいる。取り引きも法律問題も貧富の差もなく、学問も労働もない社会で、人間は男も女も、自然のまま無心に生きる共和国の姿が、そこには描かれている。モンテーニュ自身は、ちょうど中世と近代の間の思想的混乱期に生きて、人間存在への内省と社会についての模索を繰り返すことになった、ルネサンス期フランスの思想家である。彼は最後には、人間のおおらかな生命的自然を肯定するようになったのであるが、彼が人間に向ける内省の目は、その後、多くの人々に受け継がれており、一時代のさきがけでもあった。『随想録』は一六〇三年に英訳されている。シェイクスピアはこの新しい思想に目を向けて、作品に組み入れたのである。

しかしながら、彼はすぐさま新知識に同意して作品の主旨にしたのではない。作品中の理想郷の一節は、登場人物の老ゴンザーローによって、社会の理想の姿として語られるのであるが、彼が語る端から、他の登場人物によって否定される。否定の根拠はきわめて露骨な、現実的な点にあるのであるが、一概に拒否ばかりもできない否定になっている。作者は物事のありようを決して結論づけてはいない。彼の作品に提示されているものもやはり、模索に満ちた世界なのである。もし作品の中に結論があったなら、その作品世界は、現実世界の一側面しか見せてはくれなかったであろう。シェイクスピアは思想家ではないから、作品から何かためになる考えを学ぼうとすることは、無益なことと言わなければならない。しかしながら、人間心理の内奥に目を向け、人間世界への模索を含んでいるということでは、他の思想家同様、やはり彼も近代の入り口に立つ大きな存在と言えるのではないだろうか。

この作品には、表舞台から引退しようとする老人が、人生と和解する様が描かれている。プロスペローは苛酷な悲劇に見舞われながらも、無駄な復讐《ふくしゅう》や恨みにとらわれてはいない。公爵位を取り戻した後に、彼が語る希望は、余生はただひたすら墓に入る準備をするという謙虚なものである。そこから展開されるものは、もはや世俗的な欲望に満ちた世界ではない。主人公の生涯は悲劇の末に浄罪を経て、ようやくたどり着いた明澄な世界で締め括《くく》られている。『リア王』では描かれなかった人生の穏やかな結末が、この作品には用意されていた。

先に述べたようにこの作品には、さまざまな登場人物が出たり入ったりしている。その中で主人公の娘のミランダは、純粋無垢《むく》な優しさで、暗くなりがちな作品に明るさを添えている。俗界の人々に出会った時も、彼女は「何て人間は美しいのかしら！　こんな人たちがいるなんて、すばらしい新世界だわ！」と叫んで、現実の困難さを知っている観客読者の心に、勇気と希望を与えてきた。だが一方でこの言葉は、この作品に含まれる皮肉を現してもいる。彼女がこれから入っていく現実世界が、この言葉のとおり美しいとは限らないからである。二〇世紀の小説家オルダス＝ハクスレーは、このことに着目した人の一人であった。彼は『すばらしい新世界』を創作した。この題名は、ミランダの希望に満ちたこの言葉から取られながらも、内容は機械文明に毒されて人間性を失った、惨憺《さんたん》たる社会を描いている。強烈に皮肉な視点を持った文明批判小説として、ハクスレーのこの作品は多くの愛読者を持っている。

『あらし』は測り知れない深さを備えた作品となった。制作に当たった時期にシェイクスピアは、およそ四七歳。この後、彼が単独で制作に当たることはなかったらしい。彼の生活の中心は、ストラットフォードに移りつつあった。

晩年のシェイクスピア

他の劇作家との共作が、シェイクスピアの最後の制作であった。一六一三年頃、『二人の血縁の貴公子』と『ヘンリー八世』を共作している。相手は若手のジョン＝フレッチャーという有望劇作家で、この人は次の時代を担う一人となっている。フレッチャーとの共作と言われる作品にもう一作、『カーデニオ』と呼ばれる一篇がある。これは同時代のスペイン人作家、セルバンテスの『ドン＝キホーテ』にもとづいた内容だったと言われている。残念なことに今では失われてしまい、幻の作品となってしまった。もし、事実、この作品がシェイクスピアの筆になるもので、今日まで実在していたら、ルネサンス期の二人の大作家の世界が、一つの作品となって結実するのを見ることができたのかもしれない。

『ヘンリー八世』はグローブ座で上演された。その公演で思わぬ出来事が起きた。一六一三年六月二九日のことである。あるいはその日が初演だったのであろうか。舞台上は立派に飾られ、国王が登場する場面では、手はずどおり紙などを詰めて、祝砲が撃たれた。ところがその砲火がグローブ座の屋根に飛び火してしまった。屋根は草ぶきである。屋根から木造の劇場全体へとたちまち火は広がり、一時間ばかりですっかり焼け落ちてしまった。あっと言う間の出来事であった。結局、グローブ座は一年後には再建されることになる。今度は瓦屋根であった。初代グローブ座は、ロンドンで初めての劇場を壊した木材で建てられ、常に先駆の演劇的中核であった。イギリス演劇が演劇として確立する過程を考える時、グローブ座を抜かすことはできないのである。シェイクスピア

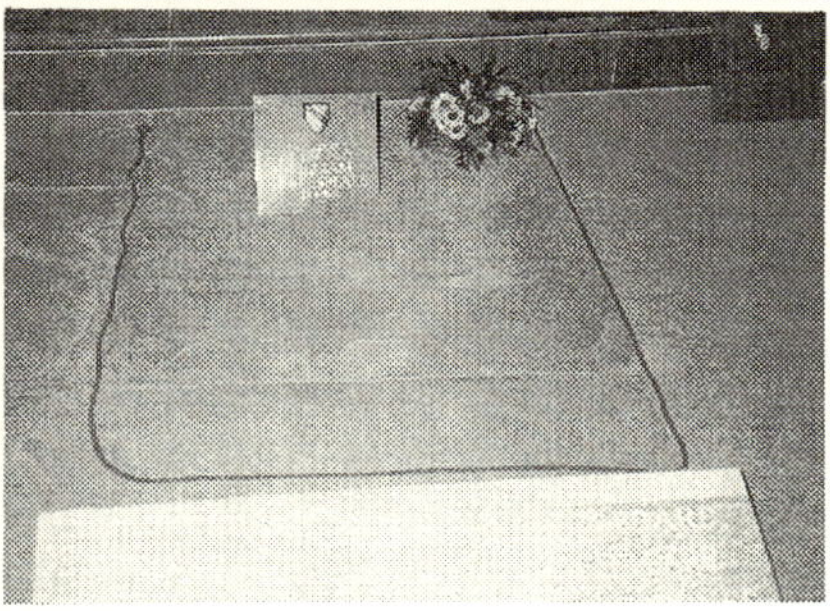

（上）　ホーリー-トリニティ教会の内陣
（左下）シェイクスピアの胸像
（右下）シェイクスピアの墓

の創作人生の大半は、グローブ座と共にあったと言っても良い。グローブ座の焼失は、日常的視点から見れば、単に興行上の一つの過失であった。けれども、シェイクスピアの創作活動も晩年を迎えているということを、それと考え合わせてみれば、イギリス演劇史上の象徴的な出来事であると考えられるのではないだろうか。

一六一六年に入ると、次女のジュディスが結婚をする。三一歳であった。当時としては非常な晩婚であった。父親としてはシェイクスピアも安心できるはずだったが、この結婚には少し不幸なところがあった。相手の青年の品行が芳しくなかったのである。二人の結婚後、間もなく青年の恋人が産辱で命を落とすという事件が起きた。この出来事が、人間模様の表裏を描き尽くしてきた詩人の心に、どのような考えを抱かせたのかは測り難いが、彼の遺言のジュディスの項目には、細かな指示が書き入れられた。彼女が結婚生活によって、経済的に不当な窮地に立たされることがないように、父親の配慮が垣間見られる指示であった。

シェイクスピアの晩年は、時折はロンドンへの行き来があったものの、おおむねは故郷の村で、一私人として過ごす日々であったらしい。囲い込み反対運動があれば、それにかかわったりしていた。しかしシェイクスピアの命も残り少なくなっていた。死の前の一か月間ばかりは、体もかなり弱っていたらしい。彼にもとうとう、最後の日がやって来た。彼の遺体はホーリー―トニリティ教会の内陣に安置された。その墓石には誰が制作したのか、

良き友よ、イエスの御名にかけて
ここに埋められたるちりを掘り起こすなかれ
この石を留め置く者に幸いあれ
我が亡骸を動かす者に呪いあれ

という銘が刻まれ、以後数世紀の間、すべての人がこの言葉に従っている。

教会には彼の記念像も建てられ、シェイクスピアを偲《しの》ばせる像として、今日まで多くの人々が訪

れている。その像の下に刻まれた文によれば、詩人が永遠にこの世を去ったのは、一六一六年四月二三日であったという。享年五二歳であった。

あとがき

世界中に広範囲の読者をもち、かつおびただしい研究論文が書き続けられているシェイクスピアについて、要領よくまとめた本を書くことはむずかしい。『ハムレット』中の一句「簡潔は知恵の精髄」といった具合にはなかなかいかないのである。

それでも、英文学を専攻する本書の著者たちは、永年親しみをもって来たシェイクスピアについて、なるべく最新の学問的成果をも折り込み、概説書としてはかなり重い内容を盛ったつもりである。シェイクスピアの生きていた社会や、ロンドンの演劇界の様子、他の作家たちの活動についても述べた。間接的にでも、シェイクスピアの世界を知る手がかりになれば、と思ったからである。作品については、とうてい全部を扱うことはできなかったが、習作期から晩年に至る各時期の代表的なものをいくつか選んだ。

とにかく、シェイクスピアについて、私たちはいつも話題に事欠かない。毎年四月になると、日本シェイクスピア協会主催のシェイクスピア祭があるのもその一つである。本年はそれに加えて、この四月、東京に演劇の新名所が誕生した。新宿区の西戸山に開場した東京グローブ座である。それは、ロンドンの昔のグローブ座を復元した二四角形の筒形の劇場である。

そのオープニングーフェスティヴァルに招かれたイギリスの劇団によるシェイクスピア劇が連続上演された。

他方、ロンドンでも、グローブ座再建計画が進められており、その推進者サム＝ワナメイカー氏が四月から五月にかけて来日し、その機に東京の日本橋にある丸善のギャラリーで、「シェイクスピアとグローブ座展」が開かれた。まさにシェイクスピアは〈われらの同時代人〉である。

本書の出来上がるまでには、多くの方々からさまざまな形の援助をいただいた。今日では、シェイクスピア研究者も数多く、研究書も無数にある。それらのほんの一部にすぎないが、巻末に記した書物からは、特に数多くを教えられた。また本文中に入れた写真の何枚かは、ストラットフォードの方々の格別の御厚意で、撮影が可能になったものである。さらに、シェイクスピアの屋敷だったニュープレイスでは、当時の建築や町の歴史などについて、懇切な説明を受けることができた。それを直接本書に反映することはできなかったかもしれないが、街の一般の人々に至るまで、シェイクスピアを大切にしていることを、じかに見聞したのは、心に残ることであった。

最後になったが、本書が世に出るきっかけは、東京教育大学名誉教授小牧治氏の御すすめによるもので、原稿の完成が遅れたことをおわびしつつ、同氏に深い感謝をささげる。また細心の注意をもって本書の編集に当たってくださった清水書院の徳永隆・飯田倫子の両氏に対しても、厚く御礼申し上げたい。

一九八八年四月二三日

著者

シェイクスピア年譜

西暦	年齢	年譜	背景となる参考事項
一五五七		シェイクスピアの両親、結婚か。	
五八		両親に、長女生まれる。間もなく死去？	エリザベス一世、即位。（～一六〇三） ロバート＝グリーン生まれる。 トマス＝キッド生まれる。
六一			フランシス＝ベーコン生まれる。
六二		両親に、次女生まれる。翌年、死去。	ブルックの『ロメウスとジュリエットの悲劇物語』出版。
六四		四月二三日、ウィリアム＝シェイクスピア、イギリス中央部のストラットフォード＝アポン＝エイヴォンに生まれる（受洗記録は四月二六日）。	クリストファ＝マーロウ生まれる。 ガリレオ＝ガリレイ生まれる。 ミケランジェロ死去。
六五	1	七月、父ジョン、町の参事会員になる。	新世界への航海、行われる。

一五六七	3	弟ギルバート生まれる。	リチャード=バーベッジ生まれる。
六八	4	父ジョン、町長になる。	スコットランド女王メアリー、廃位される。 この頃、ロバート=アーミン生まれる。
六九	5	妹ジョウン生まれる。	フィレンツェがトスカナ大公国となる（コシモ一世）。 メルカトール、世界地図を作る。
七〇	6		フランシス=ドレーク、西インド諸島へ航海。
七一	7	父ジョン、首席参事会員になる。	ケプラー生まれる。
七二	8	妹アン生まれる。	ベン=ジョンソン生まれる。 聖バーソロミューの虐殺。
七四	10	弟リチャード生まれる。	ジェイムズ=バーベッジ、劇場開場を準備。
七六	12	父ジョン、紋章使用許可を申請。 父の没落が始まる。	ロンドンに初めての劇場、シアター座開かれる。 ティチアーノ死去。

一五七七	13		ロンドンにカーテン座、開かれる。 ルーベンス生まれる。 ドレークの世界周航開始。
七九	15	妹アン死去	ジョン＝フレッチャー生まれる。
八〇	16	弟エドマンド生まれる。	ドレーク、世界周航から戻る。
八二	18	シェイクスピア、アン＝ハサウェイと結婚。	新大陸への植民の動き。
八三	19	長女スザンナ生まれる。	
八五	21	双子のハムネットとジュディス生まれる（二月二日、洗礼を受ける）。 シェイクスピア、この頃ロンドンに上京か？	
八七	23	エセックス伯一座・レスター伯一座など、幾つかの劇団がストラットフォードで公演。	ロンドンにローズ座、建設される。 マーロウ、『タンバレイン大王』執筆。
八八	24		イングランド、スペインの無敵艦隊アルマダを破る。 マーロウの『フォースタス博士』初演。

一五九〇	26	『ヘンリー六世』の三部作を、この前後で制作か?	モンテーニュの『随想録』第三巻が出版される。この頃、マーロウ・キッド活躍。スペンサー活躍。
九二	28	シェイクスピアが、俳優・劇作家として活躍しているらしいことが、グリーンの文に書かれる。ペスト流行のため、劇場が閉鎖される。	ロンドンで、ペストが流行する。
九三	29	抒情長詩『ヴィーナスとアドニス』出版。『タイタス=アンドロニカス』初演か?	マーロウ死去。
九四	30	二月六日、『タイタス=アンドロニカス』出版の記録が残される。抒情長詩『ルクリース凌辱』出版。六月、『タイタス=アンドロニカス』をニューイントン-バッツで上演。一二月、『間違いつづき』を、グレイ法学院で上演。『ヴィーナスとアドニス』第二版出版。宮廷で御前公演をする。この頃までに、『ヴェローナの二紳士』『じゃじゃ馬馴らし』『リチャード三世』『恋の骨折損』が制作されたら	キッド死去。ロペス事件起こる。

		しい。 この頃、宮内大臣一座に参加か？	
一五九六	32	八月、息子ハムネット死去。 一〇月、父ジョンに紋章使用の許可がおりる。 この頃までに、『リチャード二世』『ロミオとジュリエット』『夏の夜の夢』『ジョン王』『ヴェニスの商人』などが制作された模様。	テムズ河岸にスワン座が建つ。 ブラックフライアーズ座、開かれる。
九七	33	五月、ストラットフォードのニュープレイスを購入。 一一月、『リチャード二世』『リチャード三世』出版。 『ロミオとジュリエット』出版。 『ヘンリー四世』二部作、この前後に制作される。	
九八	34	『ヘンリー四世』第一部出版。 七月、『ヴェニスの商人』出版のため書籍出版業組合に登録される。 一二月、『恋の骨折損』『リチャード三世』『リチャード二世』出版。 『ルクリース凌辱』出版。	シアター座、取り壊される。 アイルランドの反乱。
九九	35	グローブ座が建設され、株主の一人となる。 『ヘンリー五世』の制作はこの頃か？ グローブ座で『ジュリアス＝シーザー』を上演。	スペンサー死去。 エセックス伯、逮捕される。 オリヴァー＝クロムウェル生

		『ロミオとジュリエット』『ヘンリー四世』―第一部『ヴィーナスとアドニス』出版	まれる。
一六〇〇	36	『多情の巡礼』出版（シェイクスピア作品？） この頃、『ウィンザーの陽気な女房たち』制作される。 八月、『ヘンリー五世』『お気に召すまま』『空騒ぎ』『ヘンリー四世』第二部出版のため書籍出版業組合に登録される。 八月二八日、妹ジョウンの息子ウィリアム、この日に受洗。 一〇月、『空騒ぎ』『夏の夜の夢』『ヘンリー五世』『ヘンリー四世』―第二部『ヴェニスの商人』『タイタス=アンドロニカス』『ルクリース凌辱』出版。	エドワード=アレンによって、フォーチュン座建設される。 日本では関が原の戦い起こる。 ロンドン東インド会社設立。
一六〇一	37	父ジョン死去。 この頃、『十二夜』『ハムレット』を制作。	エセックス伯、反乱を起こし、処刑される。
〇二	38	一月、『ウィンザーの陽気な女房たち』出版のため書籍出版業組合に登録される。 二月、『十二夜』を法学院で上演。 五月、オールド-ストラットフォードに一〇七エーカーの地所を購入。 七月、『ハムレット』出版のため書籍出版業組合に登録。	オランダ、東インド会社を設立。

		九月、ストラットフォードのチャペル・レーンに四分の一エーカーの土地を購入。 『ウィンザーの陽気な女房たち』『ヘンリー五世』『リチャード三世』出版。 この頃、『トロイラスとクレシダ』『終わり良ければすべて良し』『尺には尺を』を制作。	
一六〇三	39	一月、ハンプトン・コートで『夏の夜の夢』を上演。 二月、『トロイラスとクレシダ』出版のため書籍出版業組合に登録。 五月、宮内大臣一座、国王一座となる。 『ハムレット』出版。 六月五日、妹ジョウンの娘メアリー受洗。 この年から翌年にかけて、ペストが大流行する。	エリザベス女王死去。 ジェイムズ一世即位(～二五)。 モンテーニュの『随想録』英訳される。
〇四	40	一一月一日、『オセロ』をホワイトホール宮殿で上演。 一一月四日、『ウィンザーの陽気な女房たち』を宮廷で上演。 一二月二六日、『尺には尺を』を宮廷で上演。 『ハムレット』『ヘンリー四世』第一部出版。	ジェイムズ一世の著作『タバコへの反論』出版。
〇五	41	一月、『恋の骨折損』『ヘンリー五世』を宮廷で上演。 二月、『ヴェニスの商人』を宮廷で上演。	セルバンテスの『ドン・キホーテ』第一部出版。

一六〇六	42	五月、仲間の俳優フィリップスが死去し、三〇シリングが遺志でシェイクスピアに贈られる。 七月二四日、甥のトマス＝ハート（ジョウンの息子）受洗。 『リチャード三世』出版。 国王一座、『リア王』をホワイトホール宮殿で上演。 この頃、『マクベス』を制作。	ガンパウダー陰謀事件起きる。 レンブラント生まれる。
〇七	43	六月五日、娘スザンナ結婚。 一一月、『リア王』出版のため書籍出版業組合に登録。 一二月、姪メアリー死去、埋葬。 弟エドマンド死去。ロンドンのテムズ川南岸の聖セイヴィアー教会に埋葬。 この頃までに『アントニーとクレオパトラ』、制作される。	新大陸ヴァージニアの植民がすすめられる。ジェイムスタウン建設。
〇八	44	二月二一日、娘スザンナに長女エリザベス誕生、受洗。 五月、『アントニーとクレオパトラ』出版のため書籍出版業組合に登録。 八月九日、国王一座の人々、ブラックフライアーズ座を二一年契約で貸借。拠点の一つとして使用を始める。 九月九日、母メアリー死去、埋葬。 九月二三日、甥マイケル＝ハート受洗。	

一六〇九	45	この頃までに、『アテネのタイモン』『コリオレイナス』『ペリクリーズ』制作される。 五月、『ソネット集』出版のため書籍出版業組合に登録。 『ペリクリーズ』『トロイラスとクレシダ』出版。	ガリレオ、天体望遠鏡を発明。 ハドソン、デラウェアやハドソン川を探検。
一〇	46		太陽に黒点が発見される。 ガリレオ、土星に衛星を発見。 ハドソン、ハドソン湾を発見。
一一	47	『シンベリン』を上演。 グローブ座で『冬の夜ばなし』を上演。 『ペリクリーズ』『ハムレット』『タイタス＝アンドロニカス』出版。 この頃、『あらし』を制作。	欽定聖書、出版される。
一二	48	一月二八日、弟ギルバート死去、埋葬。 一一月一日、国王一座、『あらし』を上演。 一一月五日、国王一座、『冬の夜ばなし』を上演。 『リチャード三世』出版。	デンマーク、第一東インド会社設立。 ヴァージニアにタバコ、植えられる。
一三	49	二月一四日、弟リチャード死去、埋葬。 三月三一日、ラトランド伯の槍試合の盾の紋章のデザイン料として、バーベッジと共に四四シリングの報酬を	

		受ける。 五月一〇日、ロンドンのブラックフライアーズ修道院の門番小屋を購入。 五月二〇日、国王一座、『空騒ぎ』『あらし』『冬の夜ばなし』『ヘンリー四世』－第一部・第二部『オセロ』『ジュリアス＝シーザー』の上演の報酬として支払いを受ける。 この頃、『二人の血縁の貴公子』『ヘンリー八世』を共作か？ 六月二九日、グローブ座、炎上・焼失。	
一六一四	50		エル＝グレコ死去。
一五	51	四月、ブラックフライアーズの不動産をめぐって、訴訟にかかわる。	セルバンテスの『ドン＝キホーテ』第二部出版。
一六	52	二月、娘ジュディス結婚。 三月二五日、遺言を書き直す。 四月一七日、甥ウィリアム＝ハート死去、埋葬。 四月二三日、死去（埋葬記録は四月二五日）。	サー＝ウォルター＝ローリー、エル＝ドラドを捜しに行く。 セルバンテス死去。
一七		二月、娘ジュディスに息子リチャード誕生。 五月、同じくジュディスの息子シェイクスピア＝クウィニー死去。	ベン＝ジョンソン、桂冠詩人になる。

一六一九		スザンナ夫妻、ニュープレイスに移り住む。 『ヴィーナスとアドニス』出版。 五月二〇日、『ペリクリーズ』を上演。 一二月、『冬の夜ばなし』『ハムレット』『ヘンリー四世』―第二部など、宮廷で上演。	黒人奴隷貿易、開始される。
二〇		娘ジュディスに息子誕生。	清教徒ピルグリム＝ファーザーズ、新大陸へ。
二一		『オセロ』出版のため書籍出版業組合に登録。	
二二		四月二二日、スザンナの娘エリザベス、トマス＝ナッシュと結婚。 『オセロ』『ヘンリー四世』―第一部『リチャード三世』出版。	
二三		二月二日、『十二夜』宮廷上演。 八月八日、シェイクスピアの未亡人アン死去、埋葬。 一一月八日、初めての作品集、「第一・二つ折り本」出版。	新大陸方面への植民盛ん。

参考文献

本書の制作にあたり恩恵を受けた文献を次に掲げた。原作の翻訳も、全集・文庫版を問わず多く出版されている。

●和書・翻訳書

シェイクスピアの研究書の数はおびただしいが、次の文献は比較的、入手がやさしいと思われる。

1　作者の生涯に関する概説書
『図説　シェイクスピアの世界』　F＝E＝ハリディ著、小津次郎訳 ―――― 学習研究社　一九七八
『シェイクスピア』　A＝バージェス著、小津次郎・金子雄司訳 ―――― 早川書房　一九八三
『シェイクスピア手帳』　大塚高信著 ―――― 研究社　一九八三

2　記録にもとづいた精緻な生涯像は次に詳しい
『シェイクスピアの生涯』　S＝シェーンボーム著、小津次郎他訳 ―――― 紀伊国屋書店　一九八二

3　作品・劇場・時代背景などを含んだ随筆
『シェイクスピアの面白さ』（新潮選書）　中野好夫著 ―――― 新潮社　一九六七

4　作品等に関する踏み込んだ手引き
『シェイクスピア研究』　斎藤勇著 ―――― 研究社　一九四九
『シェイクスピア、晩年の劇』（英文学ハンドブック「作家と作品」シェイクスピア No.10）

F＝カーモード著、玉泉八州男訳 —— 研究社 一九七〇

『Shakespeare研究』 戸田尚著 —— 大盛堂 一九七八

『シェイクスピア史劇』 入江和生著 —— 研究社 一九八四

『シェイクスピアの世界劇場』 小津次郎・大場建治・喜志哲雄他著 —— 岩波書店 一九八五

5 社会状況・文学状況については次に詳しい

『イギリス社会史 1』 G＝M＝トレヴェリアン著、藤原浩・松浦高嶺訳 —— みすず書房 一九七一

『イギリス文学史序説』 斎藤美洲編著 —— 中教出版 一九七八

●洋書

1 作品および入門的な手引きとなるもの

W. Raleigh : *Shakespeare*, Macmillan —— 1928

S. Johnson ed. : *William Shakespeare, Plays*, vol. 1, AMS Press —— 1968

A. L. Rowse : *Shakespeare the Man*, Macmillan —— 1973

G. Lloyd Evans : *The Shakespeare Companion*, Scribners —— 1978

M. M. Badawi : *Background to Shakespeare*, Macmillan —— 1981

G. Greer : *Shakespeare*, Oxford —— 1986

2 作品の原典をたどるには、次の書が詳しい

K Muir : *The Sources of Shakespeare's Plays*, Methuen —— 1977

3 当時の社会状況を知るための研究書

G. B. Harrison : *An Elizabethan Journal*, Constable —— 1928

G. B. Harrison : *A Second Elizabethan Journal,* Constable ———— 1931
G. B. Harrison : *A Last Elizabethan Journal,* Constable ———— 1933
G. B. Harrison : *A Jacobean Journal,* Routledge ———— 1946
Shakespeare's England vols. 1, 2, Oxford ———— 1962

4 社会状況を踏まえた精緻な生涯研究

E. Fripp : *Shakespeare Man and Artist* vols. 1, 2, Oxford ———— 1938

さくいん

【人名】

【作品・書名】

シェイクスピア■人と思想81　　定価はカバーに表示

1988年８月５日　第１刷発行©
2016年２月25日　新装版第１刷発行©

・著　者　……………………福田陸太郎《ふくだりくたろう》・菊川《きくかわ》　倫子《りんこ》
・発行者　……………………………渡部　哲治
・印刷所　…………………………広研印刷株式会社
・発行所　………………………株式会社　清水書院

〒102-0072　東京都千代田区飯田橋3-11-6
Tel・03(5213)7151〜7
振替口座・00130-3-5283
http://www.shimizushoin.co.jp

検印省略
落丁本・乱丁本は
おとりかえします。

CenturyBooks

Printed in Japan
ISBN978-4-389-42081-9

CenturyBooks

清水書院の〝センチュリーブックス〟発刊のことば

近年の科学技術の発達は、まことに目覚ましいものがあります。月世界への旅行も、近い将来のこととして、夢ではなくなりました。しかし、一方、人間性は疎外され、文化も、商品化されようとしていることも、否定できません。

いま、人間性の回復をはかり、先人の遺した偉大な文化を継承して、高貴な精神の城を守り、明日への創造に資することは、今世紀に生きる私たちの、重大な責務であると信じます。

私たちがここに、「センチュリーブックス」を刊行いたしますのは、人間形成期にある学生・生徒の諸君、職場にある若い世代に精神の糧を提供し、この責任の一端を果たしたいためであります。

ここに読者諸氏の豊かな人間性を讃えつつご愛読を願います。

一九六七年

SHIMIZU SHOIN